心の声が聞こえる悪役令嬢は、今日も子犬殿下に翻弄される

2

者・
のん

TOブックス

目次

プロローグ　誰かの声　5
第一章　完璧王子と妖艶姫　7
第二章　実家への帰省　39
第三章　新たな問題　64
第四章　妖精の国へご招待　77
第五章　闇とチェルシー　107

第六章　王国を守りて　142
第七章　アップデート後の世界　167
第八章　カシュ・チェルシーとの戦い　195
書き下ろし番外編　乗馬と温泉珍事件　253
書き下ろし番外編　二人の共同作業と美味しいごはん　271
あとがき　292
巻末おまけ　コミカライズ第一話　294

◆イラスト◆　Shabon　◆デザイン◆　関根 彩＋前田紗雪（関根彩デザイン）

登場人物紹介

アシェル・リフェルタ・サラン

サラン王国の第一王子で、エレノアの婚約者。ゲームの攻略対象。

エレノア・ローンチェスト

本作の主人公。アシェルの婚約者。前世の記憶を持つ転生者。乙女ゲームの悪役令嬢で「心の声が聞こえる」力を持つ。

ノア

亡国の竜の王子。エレノアに救われる。ゲームの攻略対象。

ジークフリート・リーゼ・アゼビア

隣国アゼビアの王子。ゲームの攻略対象。

ハリー・コナー

アシェルの側近で右腕。ゲームの攻略対象。

チェルシー

男爵令嬢。前世の記憶を持つ転生者。ゲームのヒロイン。

プロローグ　誰かの声

桃色の花弁が舞う中に、小さな心の声が聞こえた気がした。

辺りを見回せばそこは美しい花畑のような場所であり、目を凝らせば光を反射してきらめく小川が見えた。よくよく耳をすませば、水が流れていく音が聞こえた。

ただ、水の流れる音と、花弁が風に舞う音しかせず、虫の音や鳥の鳴き声はない。生き物の気配のない静寂の中で、その心の声は異常に響いて聞こえた。まるで耳元でささやかれているかのようなその声に、私は一体どこから聞こえてくるのだろうかと辺りを見回すけれど、人影は見えなかった。

『憎みたくない。けれど、憎んでしまった』

自分に対する嫌悪感と後悔。ない交ぜになった感情は、自身が体験したような感覚に陥り、心が揺さぶられる。心自体に響いて聞こえている。それに気づいた私はこれは一体なんなのだろうかと不安に襲われる。

『ごめんなさい。ごめんなさい……貴方は悪くなかったのに』

泣き声と共に聞こえてくる声は小さく、繰り返し、繰り返し、謝罪を紡ぐ。謝る声があまりにも悲しくて、私の胸も締め付けられる。

一体どこから聞こえてくる声なのか、これは夢なのか、それとも。

私はその声に戸惑いながらも、口を開こうとした時、ふと、視線の先に少女が立っていることに気が付いた。

栗色の髪の見たことのない少女だった。

『お願い』

まるでピントがずれているかのように、その表情は見えず、私はどうにか少女を見ようと目を凝らす。それでもやはり見えず、ただ、泣いているのは分かった。

『どうか、あの子に、伝えて』

何をだろうか？　自分に出来ることならば手助けをしたいとは思うものの、人には出来ることと出来ないことがある。

私はちゃんと話を聞こうと少女に歩み寄ろうとするけれど、足はまるで地面に張り付いてしまったかのように動かない。

そしていったい誰に伝えればいいのかそれをちゃんと聞かなければと思ったけれど、自分の声も出ないことに気が付いた。

『ごめんなさいって……謝っても、許されることじゃないけれど……』

一瞬でその言葉が空気に溶けるように霧散し消えていった。それと同時に少女の姿も消えてしまう。

誰に向けての言葉だったのかもわからず、私は重い瞼（まぶた）を開けると、自分の耳に触れて先ほどの言葉を思い出す。

「……誰にそのごめんなさいを伝えればいいのかしら……」

ただの夢だったのだろうか。

それにしては生々しくて、私は窓に映る月の影を見上げたのであった。

第一章　完璧王子と妖艶姫

チェルシー様とナナシによって王城が混乱に陥れられてから三週間が経った。

ほとんどの修繕が完了し、王城内にも日常が戻りつつあった。

今回の一件で、竜の血をチェルシー様が飲用し、その力を得て暴走したこともあり、王国では再度竜に関する物の入手から応用まで全てを禁止することが国王陛下より通達された。

チェルシー様は未だに眠り続けており、ナナシは獣人の王国にて現在裁判にかけられている。

ナナシに操られていた獣人達は正気を取り戻したようで、療養後は家へと帰ることが決まっているようだ。

妖精の国のユグドラシル様は気ままに遊びに来ることが多く、私とアシェル殿下に不思議なプレゼントを持ってきてくれる。

ただ大抵の場合、それはかなり怪しい物なのだけれど、現在のところ。実害はまだ出ていない。

私とアシェル殿下は、事件のことがきっかけで、以前よりも距離が近くなったように感じている。

私自身、心の声が聞こえるとアシェル殿下に告白して、今まで秘密にしていたからこそ重荷がひとつ下ろされたような気持ちだった。

ただ、私は未だにこの世界が略奪ハーレム乙女ゲームの世界だということについては話が出来ていない。

いずれ話をした方がいいのだろうかとも思うけれど、突拍子もない話なので、話すタイミングが見つかっていないのだ。

ただ、心の声が聞こえるということも受け止めてくれたアシェル殿下なので、話すことに抵抗はない。

いつか、タイミングを見て話せたらいいなと私は思っている。

そして季節は秋。

秋の舞踏会は落ち着いた装いが増える。色合い的にも、装飾的にも、それは季節を感じさせ、またお互いのパートナーの新たな一面を垣間見る瞬間でもある。

秋の舞踏会はきらびやかというよりも、落ち着きがあり、趣（おもむき）がある。だからこそ、主催者のこだわりが強く見え、装飾一つで、センスの良さが垣間見える。

そしてそんな舞踏会の雰囲気に、いかに合わせたドレスを選び、気品をもって参加できるかを、貴族の者達はお互いによく見ている。

「アシェル・リフェルタ・サラン第一王子殿下、並びに、ご婚約者エレノア・ローンチェスト公爵令嬢のご入場です」

ファンファーレの音が鳴り響き、間もなく扉が開くだろう。

今回の衣装はアシェル殿下と色合いを合わせており、アシェル殿下は胸元の花の色が私の瞳の色に、そして私の胸元のコサージュはアシェル殿下の瞳の色に合わせている。

二人で選んだその衣装と装飾は、私たちにとっては一つの思い出となった。

ちらりと視線をアシェル殿下の方へと向けると、アシェル殿下は優しく微笑んでいる。

今回の衣装はアシェル殿下の夕焼けのように美しい髪色によく似合っており、私は思わずその姿に見惚れてしまう。

『エレノア？　どうしたの？　頬が赤いよ？』

心の中でアシェル殿下に声を掛けられ、私は慌てて気合を入れると背筋を伸ばした。

『ふふ。緊張してる？　僕もー。やっぱり何回経験してもさ、人前で挨拶するって緊張するよね！でも今日はエレノアと一緒だから、僕嬉しいよ。さぁ！　ここからは皆の求める王子様として頑張るぞー！』

にこっと微笑まれ、私の心臓は一瞬止まりかけた。

アシェル殿下の不意打ちの可愛らしい笑みは、いつ見ても心臓に悪い。

可愛い。そう、可愛いのだ。

見た目はとても素敵でかっこいいのに、中身は可愛いとか勝ち負けではないとはわかっていても絶対に勝てないと思ってしまう。

以前までは舞踏会の会場へと入る時は気分が悪くなって、出来るだけ早く帰りたいとばかり願っていた。

けれど、アシェル殿下と一緒ならば、そんな不安などない。こんなにも気持ちが晴れやかに舞踏会に入れるようになったのは、アシェル殿下の婚約者になってからだ。

「では、エレノア、行きましょう」

「はい。アシェル殿下」

重厚な扉が開き、私たちは会場に一礼してから入場すると、皆が拍手で出迎えてくれる。

その瞬間から、私の耳には色々な人の心の声が入り交じり始めた。

『はぁぁぁぁぁ。おーにーあーいーでーすーわ！』

『完璧な王子様のアシェル殿下と、そして妖艶姫と謳(うた)われるほどの美しすぎるエレノア様！　このお二人ほどお似合いの二人はいませんわ！』

『うらやましい。あの美女が婚約者！　うらやましい！』

『すごいなぁ。ラブラブっていう雰囲気が伝わってくる。政略結婚であれだけ相思相愛な雰囲気なのは、良いことだよなぁ～』

『ぼん、きゅ、ぼーーーん』

私はそんな心の声を聴きながら思った。

アシェル殿下と婚約してから、私は幸せなことばかりだ。相変わらずハリー様の心の声は〝ぼん、きゅ、ぼーん〟と変わりなく聞こえてくるけれど、それは愛称なのだと認識している為、嫌な気持ちもしなくなった。

ただ、いずれはその愛称はやめてもらえないか、どうにか交渉をしていきたいところだ。

今回の舞踏会では、挨拶を国王陛下よりアシェル殿下が任されており、凛々しく溌剌(はつらつ)と、アシェル殿下は挨拶を述べていく。

その姿はまさに完璧な王子様である。貴族のご令嬢方は頬を赤く染め、令息達はいずれ自分が仕えるであろう相手に羨望の眼差しを向けている。

サラン王国ではほとんどの貴族が現在アシェル殿下を次期国王にと支持しており、第二王子殿下との諍いもなく、平穏なものであった。

挨拶が終わると、私達は舞踏会のダンスフロア中央へと二人で手を取り合い進んでいく。

初めてアシェル殿下と一緒に踊った日のことをつい昨日の事のように思い出す。

あの日が、私の運命が変わった日だと思う。あの日までは毎日怯えて生きてきたのに、その日から私の世界は一変した。

可愛いアシェル殿下と出会って、男性に対する思いが変わった。

今でも男の人は苦手だけれど、それでも以前よりは恐怖が薄れたように思う。

アシェル殿下が隣にいてくれるなら、私は頑張れる。

私達は向かい合って手を取り合うと、それに合わせて音楽が奏で始められる。

それに合わせて私達はステップを踏み始める。一緒に踊ることが多くなり、それによって私達の息はぴったりになってきた。

お互いのリズムに合わせ、軽やかに踊っていく。

私は一緒にダンスしていると、いつも幸せな気持ちになって、こうやってずっとこれからも一緒にいたいなと思う。

「エレノア。楽しい?」

『ふふ。笑ってるエレノアも可愛い。僕、エレノアが笑ってくれると幸せだよ』

笑っていただろうか? 私はそう思いながら頷いた。

「楽しいです。アシェル殿下と一緒にこうやってダンスできることが幸せです」

私達は笑い合う。

アシェル殿下は私をダンス中しっかりと支えてくれるので、くるりと回転する時にも、安定していて不安を抱いたことはない。

くるりと回転をするたびにスカートは華やかに開き、それに会場は感嘆の声が漏れる。

すると会場からたくさんの声が一気に聞こえ始めた。

『お似合いすぎる! エレノア嬢は本当に美人だし、アシェル殿下エスコート完璧すぎるだろう。はぁぁぁ。男の俺でも惚れそうないい男だよ』

『微笑み合うなんて、はぁぁぁぁ、尊い!』

『エレノア嬢が幸せなら、幸せならいいんです! さよなら僕の初恋!』

『アシェル殿下。いつもは完璧な王子様なのに、エレノア嬢の前ではよく笑っているなぁ』

私は皆に祝福されながらダンスできることが、とても嬉しかった。

『でもさ、エレノア、あのさ』

突然アシェル殿下が心の声の中でさえ、声を潜めながら言った。

『お願いだから、もう少し太ろう? あの、細すぎて、腰が折れそうだよ。あの、折れちゃうよ?

あ、いや、ごめん。こんなこと女性に言うのはダメなのだろうけど、心配だよぉ』

その言葉に私は噴き出しそうになるのをぐっと堪えた。

アシェル殿下がまた、出会った頃と同じようなことを考えているのがおかしかった。

「以前も、そのように考えてらっしゃったことがありますね」

思わずそう笑うのを堪えて言うと、アシェル殿下の瞳が少しだけ見開かれた。

『しまった！　えっと、ごめん！　あの頃は無自覚だったから、えぇぇ!?　僕、なんて考えてた!?　失礼なこと考えてたら、ごめんねぇぇぇぇ』

慌て始める様子に私はくすくすと笑いを漏らしてしまう。

私達が踊り終えた後は、他の貴族達も踊り始め、私とアシェル殿下は続けて二曲目も踊った。

一緒に踊るのが楽しくて、続けて踊りたい気持ちではあったけれどさすがに息が切れてしまうので、一度休憩と挨拶回りの為に私達は移動した。

貴族の方々とある程度挨拶を終えた。ほとんどの方が友好的であり、こうやってアシェル殿下と共に挨拶をするのにも慣れてきた。

「エレノア、疲れていませんか？」

『さ、一度休憩に行こう～』

私はうなずき、一緒にテラスへと移動しようとした時であった。

他のご令嬢とダンスを終えたジークフリート様が、こちらへと歩いて来るのが見えた。

その瞬間、アシェル殿下が私の事を引き寄せたのが分かり、私がアシェル殿下を見上げると、少し視線を逸らされた。

『ごめんなさい。やきもちです』

私が小さく笑った時、ジークフリート様が私達に一礼した。

「アシェル殿ならびにエレノア嬢にご挨拶申し上げます」

『リベンジだ。っふ。この僕がダンスに誘うのだから、断るわけはない。そうだ。きっと……この前は断られたが、今回は、今回こそは……』

ジークフリート様のその声に、確かに前回も断っているなと思っていると、アシェル殿下が口を開いた。

「ジークフリート殿。サラン王国に滞在してしばらく経ちますが、不便などありませんか？」

『来たな。いや、来ると思っていたよ。エレノアは可愛いからね！　踊りたいんでしょうね！』

「はい。良くしていただいております」

『よし。いくぞ。誘うぞ。断るなよ！』

「それはよかった。ではこれで」

『このまま立ち去りたい』

アシェル殿下は歩き出そうとしたけれど、ジークフリート様はその前に立つと言った。

「先日はお美しいご婚約者様であるエレノア嬢と踊れませんでしたので。今回はぜひ、踊っていただけないでしょうか？」

『断るなよ！　あぁぁあぁ。僕は一体、どうしてこんなに必死になっているんだ！』

私はちらりとアシェル殿下を見て微笑むと、アシェル殿下は心の中で渋い声をあげながらもうなずいた。

さすがに前回も断っているので、今回は断りづらい。

私は仕方がないとアシェル殿下の腕から手を離すと一礼した。

「はい。喜んでお相手させていただきますわ」

『仕方がない。それは分かっているんだけど。むうぅぅ。何とも納得しがたい』

『よしっ！　そうだよな。僕程の美男子はなかなかいない。踊りたいと思うのも当たり前だ』

私から踊りたいと言ったわけではないのだけれどと内心思いながらも、私はジークフリート様から差し出された手を取り、ダンスフロアへと移動した。

ジークフリート様は少し緊張しているのか、手が冷たかった。

ダンスはある程度体が密着してしまう。年配の男性と踊るときには、たまにやりすぎなくらいに密着されることがあるので、私は嫌な思いをしたこともあった。

ジークフリート様は私と向かい合い手を取り合うと、心の中で悶絶し始めた。

『これは、近いな……くそ。なんて可愛いんだ。いや、可愛くない！　断じて、可愛くない！』

心の中で盛大に可愛くないと言われ、私は少しだけ悲しくなる。

一生懸命におめかしをしたつもりだったのに、どこかおかしなところがあるのであろうか。

アシェル殿下は何も言わなかったけれど、もしかしたら気づいていて優しさから何も言わなかったのだろうか。

「あの、私どこかおかしなところがありますか？　その、皆様とてもおしゃれですので気になって」

そう告げた時、曲が流れ始め、私達は体を曲へと任せた。

踊り始めてみれば、ジークフリート様は中々にダンスが上手かった。

私の事をしっかりと支えてリードしてくださるし、何よりもこちらを自然と気遣って踊ってくださる。

『上手いな。うん。僕のダンスについてこれるなんて、さすがだ』

いつもながらに少し上から目線。私はそんな心の声を聴きながら、ジークフリート様も面白い人だなと考える。

第四王子で、自国ではなく他国を巡ることの方が多い身。

それなのに、そうした不満などはないのかそれとも考えもしないのか。

そう考えてみれば、ジークフリート様は自分の役割の為にしっかりと行動し、務めを果たそうという志を持っているのだろうなと考える。

『可愛くないけどな！』

視線が合うとそう心の中で叫ばれるので、少しやるせない。

私のことを一体どう思っているのだろうか。可愛くないと思うのであればダンスになど誘わなければいいのにと思ってしまう。

好かれすぎることも困難だけれど、嫌われたいわけではない。

八方美人な自分の心が嫌になるけれど、可愛くないと言われて嬉しい人間などいないと思う。

そう思いながら踊っていると、心の中でもジークフリート様は私のことを可愛くないと連発しており、私にとっては嫌がらせのような時間が過ぎていった。

好かれているのではないかとも思ったこともあったけれど、これだけ可愛くないと連呼するということは、好かれてなどいないのだろう。

「ありがとうございました。では失礼いたします」

「あぁ。こちらこそありがとうございました。では……」

エスコートをしてくれていた手を放そうとしたのだけれど、なかなかジークフリート様が手を放してくれない。

私は一体なんだろうかと首をかしげてジークフリート様の顔を見上げると、視線が重なった。

『かかかかかかわかわ……可愛くない！』

視線が合った状態でそう言われると、むっとしてしまう。けれど心の声だというのは分かっているから、私も表情に出してはいけないと、笑顔を顔に張り付けて言った。

「失礼いたします」

私は手を引いて放してもらうとアシェル殿下の元へと帰ろうと歩き始めた。

すると後ろから「あ」というジークフリート様の声が聞こえたけれど、私は聞こえないふりをした。

心の中でどう思おうが個人の自由だけれど、それでも視線が合っている状態で可愛くないとはっきり言われるのは、少し嫌な気持ちがした。

私はアシェル殿下の元に戻ると、そっとその腕に頭をもたげた。

「おかえりなさい。ん？　エレノア。どうしたのですか？」

『おかえり。って、え？　どうしたの？　なんで落ち込んでるの？　え？　ジークフリート殿に何かされた？　は？……あの男。何した』

いつもは可愛らしいアシェル殿下の声が、急に怒気を帯びたので、私は慌てて顔をあげると首を横に振った。

「少し疲れただけです！」

「本当に？」

私の頬に指を添わせ、心配そうに私の事を見つめてくるアシェル殿下の心の中はまだ疑心にあふれていた。

『そんな顔して、何があったの？　少し、話をしてこようか』

私は首を横にブンブンと振った。

一体何の話をするのだろうか。

心の中の声というものは、当たり前だけれど自由に呟いていいものだ。私が勝手に聞いてしまっているだけなので、私が勝手にショックを受けるのがいけないのである。

私はアシェル殿下に連れられてテラスへと移動した。

王族専用である休憩用テラスにてアシェル殿下は侍従に飲み物を指示し、そして私を椅子へと促した。

秋風が吹く季節であるから、すぐに傍に控えていた侍女が私に肩掛けとひざ掛けを持ってきてくれる。

机の上に軽食と飲み物が用意され、侍従と侍女は下がり、私とアシェル殿下は二人きりになった。

アシェル殿下は私の横に座ると、私の手を取り尋ねた。

「どうしたの？　エレノア。何かあったのでしょう？」

『むぅ。ごまかしてもダメだよ？　あのね、エレノア。僕にはわかるんだからね』

真っすぐに見つめられ、私はそんなにたいしたことではないのにと思いながら、口を開いた。

「本当になんでもありませんよ。ただ、その……あの、アシェル殿下」

「ん？　どうしたのですか？」

私は、おずおずと尋ねた。

「私……可愛く、ないですか？　い、いえ、なんでもないです」

この尋ね方だと自分のことを可愛いと思っている自意識過剰な女のようである。

私は慌てて首を横に振ったのだけれど。アシェル殿下はそんな私のことを当たり前のようにすっと持ち上げると自身の膝の上へと乗せて、はっきりとした声で言った。

「可愛いですよ」

『は？　まさか可愛くないって言われたってこと？』

近距離で真っすぐに言われた言葉に、私の顔には一気に熱が集まっていく。

アシェル殿下は私の顔を覗き込み、微笑みを浮かべると優しく私の頭を撫でながら言った。

「エレノア以上に可愛い人を、私は知りません。どんな声が聞こえたのかは分かりませんが、自信を持ってください。エレノアは可愛いです」

『僕が言うんだから間違いない』

にっと歯を見せて笑いかけられ、私は笑い返した。

アシェル殿下の言葉は周りに何を言われても気にする必要はないと言ってもらえているようで、私の心の中のもやもやは一瞬で晴れた。

「ふふ。アシェル殿下にそう思っていただけているなんて私、光栄です」

「それはよかったです」

『あ、信じてないね？　むぅ。おかしいなぁ。どうやったら信じてもらえる？』

私はくすくすと笑うと、アシェル殿下の肩口にぽふっとおでこをつけた。

この人は私の癒しだなぁなんてことを思いながら顔をあげ、私はぎゅっとアシェル殿下にそのまま抱き着いた。

「アシェル殿下。ありがとうございます」

今まで人に甘えるということをしてこなかったのだけれど、アシェル殿下にはつい甘えてしまう。

「どう、いたしまして？」

『かーわーいーい。うん、いや本当に可愛いよ』

私たちはくすくすと笑い合い、それから休憩時間の間、他愛のない会話を繰り返した。

「そういえば、今度お茶会に出席するんだよね？」

『令嬢達のお茶会か～。楽しみだね』

私は頷いた。

「はい！　少し……不安ではあるんですけれど、でも、お友達作りをしてみたいなと思って」

「いいね」

『お茶会か。うん。お茶会か～』

アシェル殿下は何か良いことでも思いついたのか、楽しそうに微笑んだ。

そして休憩後はまた舞踏会の会場内へと帰り、他の貴族達との会話にも花を咲かせていく。最近では二人そろって舞踏会に参加しているので、貴族の令嬢達とのかかわりも広がってきた。

アシェル殿下の婚約者という立場であるから、もっと交友関係を広げ、自身の基盤もしっかりと作り上げたいと私は思ったのであった。


だからこそ舞踏会から数日後、私は貴族の令嬢の集まるお茶会へと参加していた。今回の主催はリーゼ・コールマン侯爵令嬢であり、現在、第二王子であるルーベルト殿下の婚約者候補筆頭となっている。

未来の義妹になるかもしれない令嬢のお茶会であるから、私も気合を入れていた。

侍女と共に念入りにドレスやアクセサリーを確認し、また持参する手土産についても令嬢の好みに合わせて選んだ。

これまでも何度か令嬢達のお茶会に参加はしたものの、私は公爵家の令嬢であるから皆がもちあげてくる。だからこそ、あまり良い友情関係という物は築けていなかった。

貴族の令嬢として地位は確立しているものの、私はもう少しかかわりを深めたいなと思っていたので、リーゼ様のこのお茶会を楽しみにしていた。

お茶会は暖かな室内で穏やかな様子で始まり、リーゼ様のお茶会は準備がしっかりとなされており、他の令嬢達からも絶賛されていた。

私も丁寧なリーゼ様のおもてなしに、さすがだなと感心していた。

ただ、私としては仲良くなりたいと思ってきたのだけれど、どうやらリーゼ様はそうでもない様子なのである。

「エレノア様。本当に今日は来ていただきありがとうございます」

『負けないわ。私、エレノア様には負けないわ！』

十三歳のルーベルト殿下より二つ年上の十五歳のリーゼ様は、性格は年下とは思えないほどにしっかりとしており、今回の装いも大人っぽい物であった。

ただ。リーゼ様は小柄で顔立ちはどちらかと言えば子リスのようで、年齢よりも外見は幼く見える印象があるので私的には、もっと可愛らしい服を着ているのを見てみたいなとも思ってしまう。

そんな可愛らしいリーゼ様だけれど、すごく敵対心を燃やして私の事を見てくる。

出来れば仲良くなりたかったのになと私は思っていると、リーゼ様がお菓子を勧めてきてくれた。

「エレノア様、こちらもどうぞ召し上がってくださいさい。私の最近のお気に入りのお菓子なのです」

『太ってほしいわ。どうしてそんなに細いの？　私、全然痩せないのに……うぅ。ルーベルト様はきっとエレノア様のようにほっそりとした美人の方が好きに違いないわ。うぅ』

その言葉に、私は何故そんな風に思うのだろうかと思ってしまう。なぜなら、リーゼ様は太ってはいないし、私から見ても、充分に魅力的な女性だと思うからだ。

私はお菓子を取り、それをいただきながら言った。

「ありがとうございます。リーゼ様、今日の装いもとても素敵ですし、お茶会も洗練されていて素晴らしいですわ」

そう伝えると、リーゼ様は嬉しそうに微笑んだ。

「ありがとうございます」

『もう！　もう！　中身まで素敵なんてずるいわ！』

褒められている。私はリーゼ様は良い子なのだろうなと思いながら、その後もお茶会を一緒に楽しんだ。

他の令嬢達のこともしっかりともてなすその姿に、私もこんな風に皆から好かれるような人になりたいなという憧れを抱いた。

「リーゼ様って本当に素敵ね。私もあなたのようになれればいいのに」

そう伝えると、リーゼ様は驚いたように目を見開き、周りの令嬢達も私の言葉に驚いたような顔をしている。

どうしたのだろうかと思っていると、嵐のように心の声が聞こえてきた。

『私、エレノア様の方がうらやましいわ！　だって、だって、そんなに美しくて可愛いなんてずるいもの！』

『憧れるって、私たちの方こそ！』

『エレノア様は無自覚なのがずるいわ！』

『あぁぁぁぁ。本当に可愛らしいわ。もう！　私、もっとエレノア様と仲良くなりたい！』

そんな心の声に、私はこれまでちゃんと令嬢達のことも見れていなかったのだなと思った。

心の声に怯えるばかりで、向き合ってこなかった。

今度こそちゃんと向き合って、令嬢達と友人になれるように頑張りたい。

リーゼ様は笑顔を繕うと言った。

「何を言ってらっしゃるのですか。エレノア様の周りにはたくさんのご令嬢がおりますし、私よりも、ご友人は多いではないですか」

私は、勇気を振り絞っていった。

「社交界ですから、ご令嬢達とかかわりを持つこともありましたが、どこか、皆様一線を引かれているような気がしまして、でも、私、リーゼ様のように、皆様と本当に友達になりたいのです」

その言葉に、皆が私の方を注目しているのを感じた。

「私、リーゼ様のように皆様とお友達になりたいのです。その……だめでしょうか。私とも……お友達になっていただけませんか？」

心臓がドキドキとした。

これまで同年代の令嬢達にはどちらかと言えば目の敵にされることの方が多くて、こんなことを自分から言うのは初めてであった。

勇気がいる。けれど、私も女性の友達が欲しいという気持ちがあった。

「も、もちろんです」

「私達の方こそ、もっと仲良くしていただけたら嬉しいです！」

「私もです！　エレノア様。これからもっと仲良くなりましょう！」

言葉が続き、どのご令嬢も笑顔を返してくれた。

それが嬉しくて、私は微笑みを浮かべると、リーゼ様が言った。

「エレノア様。これからよろしくお願いします！　私……反省します。エレノア様のこと、これまで羨んでばかりでしたが、これからはお友達として、尊重し合える関係になりたいです！」

『そうよ！　いくら羨んだって変わらないわ！　それならエレノア様と仲良くなって、お互いに切磋琢磨していく方がいいに決まっているわ！』

私はその言葉が嬉しくて、リーゼ様の手を取ると言った。

「ありがとうございます。これからよろしくお願いいたします」

「こちらこそ！」

私達はその後、貴族の令嬢としての建前はあるものの、もう少し砕けた間柄となった。

貴族の令嬢だとしても、やはり一人の乙女である。

甘いお菓子も、素敵な恋も、憧れである事には変わりない。

「アシェル殿下と、政略結婚でありながらラブラブなご様子！　その秘訣（ひけつ）を教えてください！」

『うらやましすぎるわ！』

「私もそれ聞きたいです！」

『婚約者とのラブラブ、憧れるわ！』

令嬢達の勢いに、私は笑みをこぼすと、一番勢いよくリーゼ様が言った。

「恋愛のコツを教えてください！　あと、あと、ルーベルト殿下のお好みなども……知っていたら教えてもらえたら嬉しいです」

『私、絶対にルーベルト殿下の婚約者の座を勝ち取るわ！　だって、だって大好きなんだもの』

私はルーベルト殿下の好みを考え、苦笑いを浮かべた。

王子様には皆理想を描くものである。ただ、王子様ではあるけれど一人の男の子でもあるのだ。

「あの、アシェル殿下との仲に秘訣……というものはありませんわ」

けれど、素直に思ったことが一つある。

「ですが、立場で男性を見るよりも、その内面に心を向ける方がいいのではないかと、私は思います」

心の声が聞こえる私にしてみれば、意識しないではいられない点であった。

すると、他のご令嬢達はゆっくりとだけれど深々と頷いていく。

「たしかにそうですわね。内面に心を向ける。とても大事なことですわね」

『確かに家柄や、プレゼントなどで相手の事を推し量ることが多かったですわ』

「私も婚約者と向き合ってみますわ」

『内面……内面。あら、でもどうやって向き合えばいいのかしら』

リーゼ様はその言葉に、何故か表情を暗くさせると、心の中で小さく呟いた。

『ルーベルト殿下の……内面……内面。難しいわぁぁ』

私が微笑みを浮かべていると、一人の令嬢がおずおずとした様子で口を開いた。

「あ、あの。アシェル殿下の内面は……どのような、感じなのですか？」

『気になりすぎる。完璧王子様だけれど……どうなのかしら』

令嬢達の視線が私に一気に集まり、リーゼ様も息を呑んで私の言葉を待っている。

私は、実のところこれまでだって誰かに叫びたかった言葉を、ここぞとばかりに口にしようとした。

「アシェル殿下は……実は」

その時であった。

「楽しそうな話題ですね」

私達はその声にびくりと肩を揺らして振り返った。

するとそこにはアシェル殿下の姿があり、後ろにはハリー様も控えている。

『ぼん、きゅ、ぼーーーん』

相変わらず絶好調なハリー様は後ろで他の執事や侍女達に何かを指示しており、アシェル殿下はこちらへと歩いてきた。

令嬢達は頭を下げている。どうやらリーゼ様はアシェル殿下が来ることを事前に知っていたのか、アシェル殿下に一礼した後にハリー様の所へと移動していた。

私は立ち上がるとアシェル殿下の方へと歩み寄って尋ねた。

「どうされたのですか？　何故こちらに？」

アシェル殿下は楽しそうに笑みを浮かべると、後ろにいるハリー様に指示を出した。リーゼ様もうなずくと、会場に侍女達が入り、令嬢たち一人一人に可愛らしいラッピングされたプレゼントが手渡された。

アシェル殿下は笑顔で言った。

「皆さん、私からささやかなプレゼントです。どうぞ受け取ってください」

私にはアシェル殿下が手渡しでプレゼントを渡してくれる。

私は一体なんだろうかと思いながら、手で開けてと勧められて、私たちはプレゼントを開けた。

開けてみると、それは美しい刺繍の施された暖かそうなポンチョ風の肩掛けであった。

とても可愛らしいデザインで、周りを見てみると、ひとりひとり色合いが少しずつ違い、令嬢に合わせて作られているのが分かる。

すると、リーゼ様が口を開いた。

「第一王子殿下のご厚意で、今回、我が屋敷の庭に素敵な催しを準備してあります。それを着て、皆様で参りましょう」

「さぁ、エレノア、行きましょう」

『ごめんね。リーゼ嬢に協力してもらって、サプライズだよ』

私は何があるのだろうかと思い、アシェル殿下と一緒に庭へと向かう。

『殿下、きっとエレノア様の為に今回のことを企画されたのよねぇ』

『愛されているのねぇ。うらやましいわぁ』

『それにしても、アシェル殿下の内面って……結局何だったのかしら』

令嬢達はそれぞれそわそわとしている様子で、先ほどの話の続きを聞きたい様子も見られたけれど、アシェル殿下が登場した以上、それを口にするものはいなかった。

少し肌寒いけれど、アシェル殿下から頂いた肩掛けが暖かい。

庭は見えないようにカーテンのように用意がなされており、私達はわくわくとした気持ちで、そのカーテンをくぐった。

「まぁ！」

私は準備された庭を見て驚いた。

今の季節柄、庭も少し寂しくなっているはずなのだけれど、そこには色とりどりの花々が用意されており、お茶会の席にも可愛らしい花がセッティングされている。

そればかりではなく、軽食にお菓子やサンドイッチが準備され、またその近くには色とりどりの珍しいお菓子も並んでいる。

飾り一つ一つが可愛らしく、私の好みに寄せられているような気がしてアシェル殿下に視線を向けると、ウィンクで返された。

『どう？　エレノアの好みを意識してみたのだけれど？　気に入ってくれた？　あ、ちゃんとリーゼ嬢とも打ち合わせをして合意は得ているからね⁉』

私が笑顔で頷いた時、近くにいた令嬢達が黄色い歓声をあげた。

『なんて素敵なの！　ウィンクしたわ！』

『はぁぁあ。アシェル殿下かっこよすぎるわぁぁぁ』

『はぅ。本当に理想の王子様よねぇ！　それにしても、この会場とても可愛らしいわね。どなたのアイディアかしら』

令嬢達の心の声に、そりゃあこんなに素敵な人だから、そう思わないわけがないなと思いながら、アシェル殿下に尋ねた。

「あの、もしかしてこの設営はアシェル殿下が指示してくださったのですか？」

私の質問に令嬢達はぎょっとした表情を浮かべている。

『え？　設営って、これを？』

『こんなに可愛らしいファンシーなものをアシェル殿下が？』

『エレノア様ったら、こんな可愛らしい設営をアシェル殿下が出来るわけ……』

「えぇ。エレノアだったらこういうのが好きだろうなって考えながら選びました。ちょっと私の好みも入っているけれど、どうですか？」

『『『私の、好み？』』』

令嬢達からクエスチョンマークが飛び交い、私は笑いをぐっと堪えた。

アシェル殿下は可愛らしい物も好きで、私と一緒に秋物のドレスのデザインを考えたり、また、買い物に出かけたりした時には好みが合いすぎて驚いたものだ。

アシェル殿下は私に向かって可愛らしい笑顔を向けると言った。

「エレノアが令嬢達と楽しんでもらえるように、可愛らしい物を集めてみました。気に入ってもらえましたか？」

『エレノアには、これから楽しいことをたくさん知っていってほしい。だから僕、おせっかいだってわかっていたんだけど、準備しちゃったんだ。迷惑だったら、ごめんーー』

笑顔から一変、一瞬で不安に思ったのか、小首を傾げる姿は本当に子犬のようで、私の胸はきゅんと高鳴った。

そしてそれは、他の令嬢達もだったのであろう。

『素敵～。あぁぁぁあ。だめですわ。これは、これはいけませんわ』

『あぁぁぁあ。あぁぁ甘い。甘いですわ』

『エレノア様がうらやましすぎるわ！　あぁぁぁあ！　素敵な恋がしたい！』

令嬢達の声に、私はそうだろうそうだろうと思ってしまう。

私のアシェル殿下は可愛いのだ。

それが分かってもらえて嬉しい、という気持ちと、何故か、内緒にしておきたかった自分がいたことに気が付いた。

「エレノア？」

私は不安そうになったアシェル殿下に、笑みを返して言った。

「ありがとうございます。お気遣いいただけて、こんなに可愛らしくって素敵な会場を用意してもらって、本当に嬉しいです」

そう伝えた途端、アシェル殿下は満面の笑みを浮かべると言った。

「よかったです。エレノアに喜んでほしかったので、本当に嬉しいです」

『喜んでくれて良かったぁ。ふふ。いろいろ紹介したいけれど、近くに行って自分で見てもらって喜んでもほしい。あぁ。準備してよかった。会場を提供してくれたリーゼ嬢にも感謝だ』

私はアシェル殿下のサプライズが嬉しかった。

こんな風に嬉しいことを人からしてもらったのは初めてで、このまま時間が止まればいいのにとさえ思ってしまう。

「リーゼ嬢もありがとうございます」

私がそうリーゼ嬢の方を振り返りながら伝えると、リーゼ嬢は笑顔で首を横に振った。

「いいえ。素敵な会場を設営していただけて嬉しい限りです」

『本当に仲がいいのね。それにしてもアシェル殿下って、けっこう可愛らしい人なのね。知らなかったわ。だって、いつもはあんなに完璧な王子様なのに……あぁそっか。エレノア様の前だからこそなのね……素の自分を出せる相手……素敵』

その言葉を私は嬉しく思った。

本当にアシェル殿下がそう思ってくれているといいなと思う。リーゼ嬢は心の声が止まらない様子であった。

『アシェル殿下は完璧な王子様から普通の男の子に、そしてエレノア様は妖艶姫から普通の恋する乙女に……なんだか物語が始まりそうだわ！』

意外に夢見がちな一面もあるのかもしれないなと、私は思いながら、ふと気づく。

私は妖艶姫だと未だに根強く思われているのだろうか。妖艶姫のようなことをした覚えはないのに、どうしてそうも根強く残っているのだろうか。

「エレノア？」

私は声を掛けられはっとすると、アシェル殿下が私の手を引いた。

「あ、申し訳ありません」

私はアシェル殿下にエスコートされて会場に入ると、横に音楽隊の人が控えており、楽し気な音楽も流れ始めた。

椅子へと視線を向けると、なんとも可愛らしいウサギのぬいぐるみが用意されており、首元にはリボンがつけられている。

「よかったらぬいぐるみは持ち帰ってくださいね。リボンは髪留めにも使えるものですからよければどうぞ」

『エレノアがうさぎを抱っこしているところを見たい』

ちょっとした要望を伝えてくるアシェル殿下に、私は笑いそうになるのを堪える。

私達は笑い合い、そしてアシェル殿下はあまり滞在する気はないようで、会場の説明をするとリーゼ様に言った。

「それでは楽しんでください。男の私はお邪魔でしょうから失礼させていただきますね」

そう言うと、私の手の甲にアシェル殿下はちゅっとキスを落とした。

『『『きゃあぁぁぁぁ』』』

アシェル殿下は令嬢達にも笑みを向け一礼してからその場を去っていく。その様子に令嬢達は頬を赤らめながらその背を見送った。

『すごい。キラキラ王子様だったわ』

『ああああ。素敵――――』

『憧れるわぁぁぁ』

私はそんな令嬢達の心の声に、確かに完璧な王子様だったなと思いながらも、アシェル殿下の心の声に笑わないようにぐっと堪えていた。

『エレノア友達出来るといいね！　僕も一緒にお茶したいし、応援したいけど、絶対に邪魔だろうから帰るね！　女子会かぁ～。いいなぁ～。ただ、女子会だと男子である僕は入れないから問題だ。むぅ。残念』

私はアシェル殿下の背中を見つめながらうさぎのぬいぐるみをぎゅっと抱きしめた。

私の心の声もアシェル殿下に伝わればいいのにと思う。

そしたら、私がどれだけアシェル殿下のことを思い、一つ一つの気遣いを嬉しく思っているのか伝わるのになと思った。

リーゼ様は私の横に立つと言った。

「お茶会が決まってから、殿下からご連絡がありまして、エレノア様を喜ばせたいと張り切っていらっしゃいました。エレノア様が本当にうらやましいです。相思相愛……私達にとっては憧れですわ」

『貴族の令嬢にとって結婚は政略的な物。そのうえでお互いに好意を寄せることが出来るなんて、うらやましいわ。私も、私だってルーベルト殿下と……』

リーゼ様の言うとおりだなと私も思った。自分自身、アシェル殿下と出会う前は、自分の未来が不安でしょうがなかった。

恋愛結婚が主流でない今、私達の結婚は運のようなところがある。だからこそ、皆不安で、願わずにはいられないのだ。

そんな中、一人の令嬢が口を開いた。

「あの、エレノア様、その気になって仕方ないのですが、アシェル殿下が先ほど、この会場設営にあたって私の好みとおっしゃっていたような……この、可愛らしい会場が……その」

『私のお兄様は、男は男らしく！　女どもの可愛いものなど分からん！　とか言っていたけど……え？』

どうやら疑問に思ったのは他の令嬢も同様のようであった。

「先ほどの話にも戻りますが、実は、アシェル殿下はとても可愛らしい人なのです」

皆の顔にクエスチョンマークが浮かんでいるのがよくわかった。ただ、私はアシェル殿下の可愛らしい一面の話をするのがもったいない気がして、笑みを浮かべると、話題を庭に用意された可愛らしい人形やお菓子のことへと移した。

令嬢達は気になった様子だったけれど、すぐに目新しい物へと意識は移った。

アシェル殿下の可愛らしいところを皆に叫びたいと思っていた私だったけれど、いざとなると勿体ないような気がしてしまったのだ。

その後もお茶会は終始笑顔で進み、私は初めて令嬢の友達というものができた。

終わりの時間、リーゼ様は私の見送りに馬車の所まで来てくれると、最後に言った。

「エレノア様、皆様からなんて呼ばれていらっしゃるかご存じですか？」

「え？」

リーゼ様はいたずらな笑みを浮かべた。

「令嬢たちの間では理想の婚約と皆様、お二人に憧れを抱いているんです」

『完璧王子と妖艶姫かぁ……王子殿下の完璧さやエレノア様の美しすぎる美貌を揶揄して言う人もいるけれど、でも、それもうらやましさからきているのよね』

私は周りからそのように思われているのだなと思いながら、リーゼ様に答えた。

「皆様のご期待に応えられるよう、仲睦まじくいれるように努力いたしますわ」

するとリーゼ様は少し気を落とした様子で口を開く。

「私も……エレノア様のような余裕が欲しいです」

『このままで、私いいのかしら……ルーベルト殿下と婚約は出来るかもしれないけれど、でも、もし愛されなかったら？　惨めな女になるの？』

不安を心の中で吐露するリーゼ様に、私も答えた。

「余裕はありませんわ。だって、私がアシェル殿下の婚約者でいられるのは、公爵家の令嬢だからで、私の力ではありませんもの」

「え？」

「それにアシェル殿下はとても素敵な人でしょう？　だから、不安に思うことだってあります」

私の言葉をじっとリーゼ様は聞いていた。

「でもね、私、アシェル殿下を信じていますし、それに不安ばかり感じて今の幸せを味わえないのは嫌なので、だから……今を楽しんでいます」

そう答えると、リーゼ様は小さく頷いた。

「そう……ですよね」

『私も、エレノア様みたいに、思えるようになりたい』

私達は笑い合い、そしてその日は別れた。


馬車の中で私は今日の事を思い出しながら、令嬢達と和気あいあいと過ごした時間はあっという間に感じたなと思った。

これまでこんな風に、普通の女の子のようにお茶会に参加したことはなかった。

「……楽しかったな」

私は夜ベッドの中に入っても、友達が出来たということが嬉しくて、なかなか寝付けなかった。

ただ、リーゼ様に最後に言ったセリフだけ、少し気になってしまう。

「ちょっと、偉そうなことを言っちゃったかしら……」

今を楽しむ。それは言葉にはしたことがなかったけれど、思っていたことであった。

私はそんなことを振り返り考えながら、ゆっくりと瞼が重たくなっていくのを感じたのであった。

小さなこと一つで、一喜一憂する感覚を、友達と一緒に分かち合えることは素敵なことなのだなと、夢の中に落ちながら私は考えていた。

第二章　実家への帰省

『ぼん、きゅーー、ぼーーーん』

聞こえてくるその心の声に、親しみを覚える程身近になるなんて、以前の私ならば考えられもしなかっただろう。ある意味、ハリー様の心の声だからこそ、嫌な気持ちが一切わかないのだろう。

アシェル殿下の横にいるハリー様は真面目な顔をしながら書類を確認しており、その外見からは私の事を頭の中で〝ぼん、きゅ、ぼーーーん〟などと呼んでいるようには見えない。

いつか、その呼び名を変更してもらえないかお願いをしたい。ただ今のところその方法を見出せていないので、アシェル殿下にも相談しつつ、どうにか愛称を変えてもらえるように交渉したい。

乾いた風が吹き抜け、私の髪を揺らす。秋の風はどこか物悲しくて、ほんの少しの別れだと言うのに、胸を切なくさせる。

赤く美しいアシェル殿下の髪が風に揺れる。

紫色の宝石のようなその瞳で見つめられれば私の胸はうるさくなる。

アシェル殿下の見た目は本当に整っており、携える微笑みに胸を射抜かれない女の子はいないのではないかと思ってしまう。惚れた弱みかとも思うけれど、年頃の少女たちはもれなくアシェル殿下に憧れるであろうと私は勝手に思っている。

それに、本当に可愛らしい人だ。

「エレノア。気を付けて行ってきてくださいね」

『あぁぁぁ。一週間だけだってわかっているのに。むぅ。寂しい。エレノア……本当に気を付けて行ってきてね』

王城で生活をするようになってから毎日顔を合わせてきた。だからこそ、たった一週間実家に帰るだけなのに本当に寂しく感じた。それが自分だけではないと分かって、私はほっとした。

こんなに一緒にいて心地の良い人、そして離れたくないと思える人に出会えるなんて思ってもみなかった。

心の声が聞こえることについて、アシェル殿下は受け入れてくださり、そして、結局のところ他者の目があるので、二人きりの時以外はアシェル殿下のイメージを損なわない為にも、これまで通りにすることにしたのだ。

表面的にはアシェル殿下はいつもの丁寧な言葉で話をし、そして心の声は自由にしてもらっている。

私自身、アシェル殿下の心の声ならば、聴いていたいと思えるほどなので、アシェル殿下がいいのであればと受け入れた。

アシェル殿下は少し恥ずかしそうに、自分も男であるから不快な考えを抱くこともあるので、申し訳ないと、繰り返し念を押して言われた。

ただ、今のところアシェル殿下からそのような声は一度も聞こえてきていないので、逆にすごいと私は思っている。

男性であっても女性であっても考えてしまうことは多少なりともあると思う。

そのうち聞こえてしまうこともあるかもしれない。私はアシェル殿下からそうした声が聞こえても、気をしっかり持とうと、考えている。

ちなみにハリー様については理解不能である。ある意味で言えば、一番私の事を体だけで見ている気もしなくもないけれど、ただ不愉快な感じはしない。

思考回路の問題なのだと思う。

アシェル殿下とは、王城内で生活をしているので毎日のように会い、会話をし、そしてそれぞれ国の為にと自己研鑽に努めてきた。

自分が必要とされているようで、頑張ることが楽しかった。

「はい。アシェル殿下。すぐに帰ってきますね」

「えぇ。待っています」

『一緒にいる時間が長かったから、寂しい……けど、頑張る。エレノア、気を付けてね』

見た目が完璧な王子様なのに、私の前でだけは可愛らしい人。

自分だけが特別になれたようで嬉しく思ってしまうのだから、私は性格が悪いのかもしれない。

アシェル殿下が寂しく思ってくれるおかげで、私も寂しいけれど頑張って実家に帰ろうと思えた。

『ぼん、きゅ、ぼーーん』

声のした方へと視線を向けると、ハリー様がどこか冷めた瞳で私達の事を見ていた。

たった一週間程度の事でそんな今生の別れのようになるなと、その目が物語っている。

ハリー様的には早く行ってほしいのだろう。腕に持っている大量の資料が、アシェル殿下を待っているようだ。

「行ってきます」

「行ってらっしゃい」

『気を付けてね。待っているから、その、ゆっくりしてきてね』

しゅんと耳としっぽが項垂れているように見えるのだから私は重症かもしれない。

手を振って、私は馬車に乗ると、実家へと向かったのであった。

馬車に乗って、私は先ほどのアシェル殿下を思い出して、笑ってしまう。そして、出立したばかりだと言うのに、アシェル殿下の元へ早く帰りたいなと思うのであった。

両親は私の事を使用人達と共に出迎え、そして客間へと移動した。

部屋の中は静かなものであり、聞こえてくるものと言えば窓を揺らす秋の風の音と、時計の針の音だけであった。

住まいを王城に移してから、久しぶりに帰って来た実家は、以前同様に居心地が悪く、その独特の空気と、見た目だけの華やかさは私を拒絶しているかのようであった。

本当は帰ってきたくなかったけれど、実家との関係が悪いなどという噂がたってもいけない。

実家から久しぶりに顔が見たいとの手紙をもらい、一度顔を見せに帰ることにしたのだ。

紅茶を一口飲み終えた私の目の前に座る両親は、ゆっくりと口を開いた。

「アシェル殿下とはどうなの？　ちゃんと上手くやっているのかしら？」

『はぁ。あんなに素敵な男性はなかなかいないわよねぇ〜。この子がうらやましいわぁ』

「お前はいずれ国母となるのだ。しっかりとアシェル殿下の心を得るのだぞ」

『まぁ、お前のその美貌ならばしばらくは大丈夫だろう。だが女は若さだからなぁ』

久しぶりに娘に会ったというのに、相変わらずの両親の心の声であった。

ただ、アシェル殿下との関係が良好であるかや、アシェル殿下や国王陛下、王妃殿下についての有益な情報はないかなどを知ろうとしているだけだ。

そして、私に対して、お前の親は自分達だからちゃんとローンチェスト家を優遇してもらえるようにしろと念を押された。

『はぁ。この子って本当に不気味な子。はっきり言って帰って来なくて清々していたけれど、王族との関係は良好に保っていきたいしね』

『あー。本当にもっと有益な情報はないのか。つかえんなぁ。はぁ。まぁ、アシェル殿下の婚約者になれただけで上出来と考えるべきか』

両親の心の声は冷めたもので、私に対して関心などない。

それは分かっているのに、やはりどこかで期待している自分がまだいたのだろうか。

王城ではずっと優しい声に囲まれているから、久しぶりに、悪意や嫌悪感などの心の声をぶつけられることに胸が痛くなる。

本当は聞きたくない。

けれど聞こえてしまう。

「ねぇ、ちゃんと自分の立場は分かっているわよね？」

『この子、自分が偉くなったとか勘違いしていないわよね？　っふ。まぁ、そんなことを考えているようものなら、躾をするしかないわよねぇ』

「そりゃあわかっているだろう。なぁ？」

『お前は俺達の道具にすぎないのだ。ちゃんと弁えろ。最近は王城で生活しているからか、ローンチェスト家のことをちゃんと考えているか疑問だな』

早く王城に帰りたいと願ってしまう。優しい声の人達の元へと帰りたい。

お父様とお母様の視線は見なくても、どのようなものなのかわかる。

顔に笑顔を張り付けて、そして、自分たちの利益の事を頭の中で考えている。

「はい。お父様、お母様。私はローンチェスト家の為に王城へと嫁ぐ役目だと分かっております」

「そうよ。貴方は、このローンチェスト公爵家の令嬢だからアシェル殿下と婚約出来たのよ」

『貴方なんて、公爵令嬢でなければアシェル殿下に選ばれるわけがないのよ』

「そうだぞ。我が家だからこそ、婚約出来たのだ。自分の力などとまさか思ってはいないだろうが、ちゃんと自分の役割である政略結婚を全うするのだぞ」

『エレノアは後ろ盾の家門がなければ見た目がいいだけの女だ。我が家だからこそ婚約出来たのだと、ちゃんと理解させておかなければならないな』

私の胸はその言葉に、痛みを覚えた。

それは違うと言えないから、事実だからこそ、私の胸は痛む。

エレノア・ローンチェスト公爵令嬢だからこそアシェル殿下の横に立てる。これは間違いなくそうだ。

私が平民であれば、アシェル殿下の横に立つことは叶わなかっただろう。

「はい……わかっております」

そう答えたものの、二人はあまり納得していない様子であった。

「はぁ。貴方には少し教育が必要のようね」

『気合を入れさせないと』

「そうだな。母のいう事をよく聞くように」

『っふ。ちゃんと躾ておけよ』

その後、お父様は執務に戻られて、お母様は私を自分の部屋へと連れていくと、侍女達は下がらせた。

嫌な時間である。

私は王城に早く戻りたいなと思いながら、お母様の気分が早く晴れるようにと願うことしか出来ない。

貴族の令嬢は、基本的には足を他人に見せることはない。背中や腕などはドレスによっては肌が見えてしまう。だからこそ、お母様は私の躾を行う時は決まって足を鞭打った。

皮膚が破れないように、傷がつかないように、同じところばかりにならないように。

「いい？　これは貴方の為なのですよ」

『ふふふ。あぁぁ。生意気にならないように躾けるのは大事なことよねぇ』

「いっ……」

みみずばれのような痕は残っても、数日で消える。

お母様のこの執拗な躾は昔からであり、私は痛みを堪えるしかなかった。

「私も母には厳しく躾けられたものです。私は甘い方なのですよ？　貴族の令嬢たるもの、きちんと教育はうけなければなりませんからね」

『子どもの躾は親の務めですもの。うふふふ』

母は私のことを思い通りに動かせる人形か何かにしておきたいのだろう。

早く帰りたい。母は私に鞭を打つたびに、自分の時代よりも躾方は甘くなっているのだと言う。

だからこそ、反抗しないように私の気持ちを抑えつけるために鞭を打つ。

私は人形ではない。だからこそ、王城の、温かな声が響く場所へと早く帰りたいと願ってしまう。

私は痛みを堪え、早くこの嫌な時間が過ぎ去る事だけを願ったのだった。


それからの一週間、私は事あるごとにお母様から呼び出された。お父様はそれを当たり前だと思っているんだろう。

口を出すことはない。

繰り返される躾に、一週間しかないからこれほどまでに執拗にしてくるのだろうなと頭ではわかっていても、痛みから早く王城へと帰りたいと思わずにはいられなかった。

そして、やっと一週間が経ち、帰る日がきて、私はほっと胸をなでおろした。

笑顔で、まるで良い両親のように見送るその姿に、人間の醜さを感じた。

ローンチェスト家にいると、自分が本当に小さな人間で、なんの力もないことを教えられる。

帰り際、私の見送りに両親は現れた。これも言ってみればパフォーマンスだ。良き父と母を演じるこの人達の。

私の見送りの為に、使用人たちは一同集まっている。ただ、王城とは違い、ここで長年働いている使用人たちにとっては私達公爵家の人間など、雇用主でしかない。

与えられた仕事を、お金の為に行うだけ。

王城の雰囲気とは違って、冷たいその雰囲気は居心地が悪くてしょうがなかった。


そして、そんな使用人達にまで見栄を張るように演じ続けているのだから、大したものである。

「エレノア。寂しくなるわ」

『さっさと行きなさいよ。はぁぁ。もっと鞭打ってやればよかったかしら？　それにしてもアシェル殿下もこんな娘を選ぶんだから結局、見た目重視ってことよね』

「気を付けて行きなさい。ローンチェスト家の娘だということを、忘れるんじゃないぞ」

『アシェル殿下は王城で首を長くして待っているだろうなぁ。はは。男は美人には弱い。男の性（さが）だなぁ』

私は一礼して馬車に乗りこもうと思っていた。

けれど、足を止めて、考える。

私はいつまでこの両親の、良い娘でいなければならないのだろうか。

たしかにこれまで養ってもらって生きてきた。けれど、愛を向けられたことも、助けてもらったこともない。

心の中でいつも私に対して嫌悪感を顕わにしてきた両親である。

そんな人たちを、ましてやアシェル殿下すら侮っているこの人達に私はこれまで同様に従って生きていかなければならないのだろうか。

その時、アシェル殿下の笑顔が頭の中をよぎった。

私は振り返ると、両親を真っすぐと見つめた。

華やかな貴族社会を公爵家という地位にいるが故にちやほやされながら生きてきた両親。

仕事は出来るが女にだらしないお父様。

女主人としての仕事はするが男にだらしないお母様。

お似合いの二人である。

けれど私は、この二人にお似合いの娘にはなりたくなかった。

良き父と母を演じていても、その綻びは必ず見えて私に辛らつに言葉を浴びせることもあった。

躾という名の鞭打ちだって、お母様とお父様の気ばらしだと気づいている。

そして、見え透いた嘘など、使用人達ですら気づいている。

私はアシェル殿下に出会って、もっと強くならなければならないと思った。

だからこそ、私は両親に向かって真っすぐに視線を向けて言った。

「お父様、お母様、私はもう幼い娘ではございません。お父様とお母様の見え透いた嘘も見抜けないバカな子どもだとは思わないでくださいませ」

初めての反抗である。今まで両親の機嫌をうかがって生きてきた。けれど、そんな弱い自分のままでは駄目なのである。使用人達は私の言葉に驚いたようで、皆が息を呑んだ。そして、私達の様子を見守っている。

両親が驚いた顔をした後、心の中が怒りで染まり、罵詈雑言を言い始める。

『ななな、なんですって！　誰が育ててあげたと思っているのかしら！　生意気を言って！　バカな娘！　貴方なんて公爵令嬢でなければ殿下に目など向けてもらえないくせに！』

『なんだと⁉　母はともかく父にまでそのようなことを！　ふざけおって、躾が足りんかったか！』

私はゆっくりと呼吸をし、そして逃げることなくはっきりと言った。

「お父様、そういえば一番目の人、ご懐妊したそうですね。これからどうされるつもりか、しっかりとなさってくださいませ」

『な⁉　何故お前が妾(めかけ)の妊娠を知っている⁉』

お父様がぎょっとしたように目を丸くし、お母様がその言葉に首をかしげる。

お父様の女癖の悪さは昔からであり、それによって涙した使用人もいたのだろう。使用人の中からは、お父様がまた女性に手を出していることに不快感を顕わにする声が上がった。

私は続けてお母様にも言った。

「お母様、そういえばあの方は離れに移動されたのですね。よかったですわ。毎晩私の部屋の前で変な声をかけてくるものですから、気味が悪かったのです」

『あの方？　え？　もしかして、離れに住まわせている私の愛しい恋人のこと⁉　はぁぁ？　あの男、エレノアに手を出すつもりだったわけぇえっぇ⁉』

男性の世話をしていた使用人達からは、心の中で拍手が起こった。かなり面倒な男性だったのだろう。

お父様もお母様も口元がわなわなと震えている。

私は笑顔で言った。

「侮らないでくださいませ。お父様の秘密も、お母様の秘密も、私、たくさん知っていますの。ですから、今後アシェル殿下を侮るような考え、お捨てになってくださいませね？　そうしないと私、どこかで口を滑らせてしまいそうです」

その瞬間、使用人達からは心の歓声が響いて聞こえてきた。

使用人達も不満はあったのだろう。いつもは能面のようだった使用人達が私の方を見て、瞳を輝かせているのがおかしかった。

心の中で次々に声が響いて聞こえてくる。

『お嬢様！　よくぞ言ってくださいました！』

『今までこんなに気持ちが晴れることがあっただろうか！』

『あんなに小さかったお嬢様が……立派になったわねぇ』

「お、お前、どういうことだ⁉　何を知っていると言うんだ⁉」

『意味が分からん！　何故バレた⁉』

「あ、あら、秘密だなんて。お母様に秘密なんてありませんよ？」

『は、はったりよ。でも……どうして私の恋人のことを知っているの⁉』

私は美しく見えるように、堂々と微笑みを浮かべた。

それに、両親が一歩たじろぐのを感じる。

「お父様、お母様、これからも公爵家の主として相応しい行動をお願いいたしますね」

その瞬間、使用人達からは心の中で拍手があがった。

『ご立派になられた！』

『さすがは次期王子妃殿下だ！』

『あぁ、これまで旦那様と奥様の命令で必要最低限しか関われなかったことが悔やまれる』

『エレノアお嬢様！　強くなられた』

それればかりではなく、顔がにやけているものまでおり、どうにか顔を戻そうと必死な様子が見られる。

私は最後に優雅に一礼をする。

顔をあげた時、使用人達の冷ややかな雰囲気が消え、私に対して好感を抱き、そして温かな雰囲気で見送ってくれる気持ちが伝わって来た。

自分の行動一つで、こうも変わるのか。


私は馬車の中へと乗り込んだ。

馬車が動き出して、私はばくばくと煩くなる心臓をぐっと手で押さえた。

「はぁっ。言っちゃったわ……」

これまでずっとため込んできたことが、アシェル殿下を侮られたことが悔しくて、爆発してしまった。

感情的になってしまった自分を反省しながらも、両親の言いなりになることはやめようと改めて決別することを決めた。

私は、これまでずっとどこかで両親に従わないといけないと思っていた。それは、反抗すれば躾という名目で押さえつけられたり、貴族の令嬢はこういう教育が当たり前なのだと言われたりしてきたからだ。

けれど、私はこのままではいけないと気づいた。

押さえつけられて、言いなりになっているままでは、私はアシェル殿下の横に立つに相応しくいられない気がした。

今は公爵令嬢だからアシェル殿下の横に立てる。けれど、それをいつか、エレノアだからアシェル殿下の横にいられると、思ってもらえるようにしたい。

私という個人を認めてもらいたい。

誰にというわけではないけれど、私自身がそう感じたから、私は、これから自分を変えていこうと思った。

遠くなっていく実家を窓から見つめ、私はずきずきと痛む足を手で擦った。

早く王城に帰りたい。

足は痛むけれど、気持ち的には晴れやかであった。

揺れる馬車の中、私はアシェル殿下に会ったら何を話そうか考えていた。

実家で両親と過ごした時間は苦痛でしかなかったけれど、それをアシェル殿下に伝えるわけにはいかないから、少しでも実家で良かった点を、アシェル殿下には伝えよう。

お菓子と紅茶だけは美味しかったな、それを伝えようかと思った時、馬車が王城へと着き、ゆっくりと止まった。

頭の中で、この後一度部屋に帰ったらアシェル殿下の予定を聞いて会いに行こうと思った。

そう考えていたので、アシェル殿下が馬車の扉を開けた先にいて、私は驚いた。

「エレノア。お帰りなさい」

『ふふふ。やったね！　エレノアのお迎えに来れた！　頑張って仕事も終わらせてるから大丈夫だよ！』

扉を開けた先にいるアシェル殿下が、まぶしく見えた。

実家とは違い、居心地の良い空気が自分を手招いてくれているような感覚がある。

「アシェル殿下！　迎えに来てくれたのですか？」

「エレノアに会いたくて来てしまいました」

『いや、ちゃんと仕事はすませてきたよ？　でも、一週間ぶりだから、早く会いたくてさ』

その言葉に、私は、あぁ、私の居場所はやっぱりここがいいなぁと思った。

まるで沼にはまっているかのようなどろどろとした環境にいたせいで、アシェル殿下との時間がより一層尊く感じる。

「エレノア。風が冷たくなってきましたし、中に入ってから話しましょう」

アシェル殿下がさっと手を出しエスコートをしてくれる。

私はアシェル殿下の手を取って歩き出そうとしたのだけれど、馬車から降りる時、足が痛み、少しだけ顔を歪めてしまった。

『え？……エレノア？　もしかして、足、怪我した？』

鋭いアシェル殿下の気づきに、私は気づかれるわけにはいかないと、平気なふりをして言った。

「すみません。同じ姿勢だったので、少ししびれてしまったようです。では、参りましょうか」

笑顔を携えてそう伝えたのだけれど、私は次の瞬間、アシェル殿下に横に抱きかかえられていた。

「へ？」

「エレノア。行きましょうか」

『隠しても無駄だよぉ。むぅ。僕にはわかるんだからね！　もう！　一体何があったのかちゃんと話してもらうからね！』

ちょっと怒っているような声だったけれど、それでも私の事を心配してくれていると言うのが伝わってきて、私は、目頭が熱くなるのを感じた。

あぁ。だめだなぁ。

アシェル殿下と出会ってから、私は弱くなった気がする。

「エレノア？」

『え？　もしかしてすごく痛い!?　あぁぁーーー!?　大丈夫!?　ごめんね。大丈夫じゃないよね』

優しいなぁと、そう思う。

これまで誰にも気づいてもらうことのなかった私の事を、アシェル殿下はすぐに気が付いてくれる。これまで自分のことをこれほど大切にしてくれた人はいただろうか。

「大丈夫です。あの、自分で歩けます」

「エレノア。今は私のいうことを聞いてください」

『なんていう顔しているのさ……もう。エレノア。自分の事に無頓着すぎるよ！　僕は君の婚約者だよ。心配、させてよ』

これまで、私の事に気が付いてくれる人なんていなかった。

悲しかった時も。

辛かった時も。

ただ一人で息を殺して部屋の中で泣くしか出来なかった。

人前では、人形のように過ごすことしか出来なかった。

「……私、アシェル殿下の婚約者になれて、本当に幸せです……」

もし私が、ローンチェスト家の公爵令嬢でなければアシェル殿下の横には立てなかった。

分かっている。

私は運が良かったのだ。

悪役だけれど公爵令嬢に生まれたことで、私はアシェル殿下の横に立つ資格を得たのだから。

公爵令嬢でなければ、アシェル殿下の横に立つことは叶わなかった。それをいつか、エレノアだからアシェル殿下の横に立つに相応しいと思ってもらえるように、頑張らなければならない。

私は、アシェル殿下の胸に頭をこてんともたれかけた。

温かな心臓の音が聞こえて、落ち着く。

『エレノアぁ？　可愛い。え？　何？　甘えてくれるの？　かーわーいーいー！』

可愛いのはアシェル殿下の方です。

私はこの可愛らしい人が本当に好きだなぁと、そう思った。

アシェル殿下は私を部屋へと運ぶと、ソファーの上へと下ろし、それから私の目の前に跪いた。

「エレノア。何があったのですか？」

『絶対、足を痛めているよね？　でも、僕が見るわけにはいかないし……見たら、だめだよね？　いや、だめだよ。女の子の……足を見たら……だめ！　あぁぁぁぁぁ！　よ、邪（よこし）まなことなんて、考えてないんだよ！』

アシェル殿下は真面目な表情であるのに、心の中は荒れているようであった。

私はどう答えればいいのだろうかと思いながら、これまでのように隠すのを諦めて正直に答えた。

「何でもないのです。ただ、私が至らないところがありましたのでお母様から、お叱りを受けただけです」

お母様のいらだちを収めるための、躾という名の言い訳の産物。昔から繰り返し行われてきたことだから、私としては、もう慣れている。

ただ、慣れてはいても、痛いものは痛い。

「ですから、心配する必要はありませんわ」

けれど、それはきっとどこの貴族の家庭でもよくあることなのだろう。その時の私は、本当にそう思っていた。けれど、そう言った後のアシェル殿下の表情に、私はどういう意味なのだろうかと首をかしげたくなった。

「え?……ちょっと待ってください。エレノア、足を見せてください」

『何を言っているのエレノア? え? だめだ。まずは傷を確認しなくちゃ。ごめん』

「え? っきゃっ!」

スカートのすそから私の脹脛(ふくらはぎ)の部分を、アシェル殿下は見ると、目を丸くした。

突然の事に恥ずかしさがこみあげてくる。

赤くなったその足は、血は出ていない。こういうところは器用だなと我が母ながら思ってしまう。

昔から力加減だけは気を付けられているのだろう。傷が残ったことはなかった。

ただ、みみずばれにはなっており、あまり見ていて気分の良い物ではないはずだ。

それになにより、令嬢にとって足を見せる行為というものははしたないと言われるものであり、私は顔に熱がこもっていくのを感じた。

「み、見ないでくださいませ」

慌ててスカートを戻そうとしたけれど、その手をアシェル殿下に掴まれた。

私は一体どうしたのだろうかと思ってアシェル殿下を見ると、その表情はとても悲しそうであった。

アシェル殿下のそんな顔を見たのは初めてで、私は一体どうしたのだろうかと心配になった。

『こんな傷……酷い』

その呟きに、アシェル殿下が自分を心から心配してくれているということが伝わってくる。

ただ、そこまで酷いだろうか。私は今回の鞭打ちはこれまでの中では軽い方であったから、そこまで酷いとは感じなかった。

「アシェル殿下、大袈裟ですわ。このくらいは」

普通だと、言葉を続けようとしたけれど、アシェル殿下の声に遮られた。

「エレノア。すぐに医者を呼びますから、待ってください」

『わかっていないんだね……エレノア。これは、酷いよ』

意味が分からずに呆然としてしまっている間に、アシェル殿下は女医を呼ぶと、手当てをしている間は、隣の部屋で待っていてくれた。

そして手当てが終わると、アシェル殿下も部屋へと戻って来た。

女医は私の傷を確認し手当てをした後、アシェル殿下に私の傷について話をしていた。

『酷いわね。自分の娘をこんなに鞭打つなんて……はぁ。嫌な貴族っていうものは残っているものなのね』

女医のその心の声に、私はこれが普通のことではないのだろうかと疑問を抱いた。

これまで、お母様もお父様も、こうやって躾けることは当たり前、いや、他の貴族よりも甘いとまで言われてきた。貴族の令嬢や令息らは家族から躾けられるのが当たり前であり、それがこの世界のやり方なのだと信じてきた。

だから、我慢してきたのだ。

痛くても、苦しくても、これは今のこの時代の貴族の教育であり、躾であり、当たり前のことだと思っていたから。

そんな私の現実が今、崩されそうとしていた。この世界の当たり前だと、両親から教えられれば、そうなのだろうと納得してしまった。

嘘だなんて、思いもしなかったのだ。

「エレノア。これまでも、こういう事があったのですか？」

『こんなの、酷い。傷が残らないように同じところばかりにならないように鞭で打ってある……酷いよ』

今にも泣きそうな、アシェル殿下の声が聞こえた。言葉が震えており、悔しそうに唇を噛むのが見えた。

私は頭の中が混乱してしまい、手を口元に当てて、考えてしまう。

尋ねられているのは分かっているけれど、今までの自分の生きてきた当たり前が崩れたのだ。頭が回らず、言われている言葉の意味を、理解が出来ない。

私は、アシェル殿下を真っすぐに見た。

「アシェル殿下……これは、普通ではないのですか？」

これが当たり前だと思ってきたから、私は我慢してこれた。耐えてきたのだ。痛くても、辛くても、両親からの教えは絶対だったから。

両親から感情的にいらだちをぶつけられることも、この世界では普通だと思っていたのだ。

だから我慢してきた。

けれど、アシェル殿下はゆっくりと首を横に振ると、大きく、ゆっくりと息を吐いた。それにつられて、私は小さく息を吐いた。

それはまるで自分の怒りを吐き出しているような、そんな雰囲気を感じた。

「エレノア……ローンチェスト公爵家には、もう帰らないでください」

『古い貴族の家には、それぞれの歴史があり、教育方法があるというけれど、これは、時代遅れにもほどがある。たしかに、厳重な問題を犯した時には、鞭で打つこともあるかもしれない。けど、女の子の足を、こんなになるまで叩くなんて……』

その言葉に、私は、静かに息を吐いた。


あぁ、なんて自分は愚かなのだろうか。

足の痛みが、さらにひりひりと痛みを増した気がした。

「お父様、ごめんなさい」

『はぁ。ぐずが。こんなことも出来ないで、王族と婚約が出来ると思っているのか！』

「お母様、ごめんなさい」

『本当に、頭の悪い子。あぁぁぁ。この子の美貌が憎いわ。若さが憎い！』

暗い部屋に閉じ込められたことも、何度も見えない部分を鞭打たれたこともあった。

けれどそれは貴族の令嬢だから当たり前の躾なのだろうと思っていた。

怒られて、自分が出来ないから悪いのだとそう思って生きてきた。

両親の心の声が聞こえていたから、早々に愛されることは諦めた。けれど、愛されたくなかったはずがない。

頑張って、成果を出せば褒められるのではないか、愛されるのではないかという期待はずっとあった。

そんなもの、なければよかったのに。

私は、はっと目を覚ました。

「はぁ……はぁ……はぁ……」

まるで悪夢を見た気分であった。

部屋の中を見回し、私は、結局アシェル殿下には安静にしているように言われ、部屋で食事をとり、そして眠ったことをゆっくりと思い出した。

全てが夢ならばどれほど幸せだろうか。

心の声が聞こえるという能力があるから、最初はそれを不気味がられているのかと思った時期もあった。けれど、結局両親は子どもが好きではなかったのだ。

自分以外には興味のない人間というのは、いるものなのだ。

私は、足の痛みを感じながらも体を起き上がらせると窓を開け、テラスへと出た。

暗闇の中に吹き抜ける風は、草木と土の匂いが混じっていた。

テラスの石造りの床は、足先を冷やし、そして吹き抜けていく風は体を冷やしていく。

「だめね。こんなことで気分を落としている場合ではないのに……」

「何を言っている。人間とは、本当に難儀な生き物だな」

『大丈夫か？　顔色が悪い』

横を見ると、テラスの柵の上に精霊エル様が腰掛けており、私のことを心配そうな顔で見つめていた。

私は息を吐くと、空を見上げた。

空気が澄んでいるからか、灯がほとんどないからなのか、空の星は恐ろしい程に美しく、ざわついていた自分の心が静かに凪いでいくのを感じた。

「私……わがままなのだと思います」

そう呟くように言うと、エル様は私の目の前に一輪の花を差し出した。

白く香りのよいその花を受け取ると、それは光を放ち、そして空気に溶けて空へと舞い上がっていった。

「……きれい」

「エレノア。あまり闇へと視線を向けないように。機会を与えてはいけない」

『心の隙は、すぐにあれに付け込まれる。それでは駄目だ』

心の隙。そう言われても、完璧な人間ではない私はすぐに劣等感を抱くし、そしてすぐに不安に思う。

それでもアシェル殿下の横に立ちたい。以前リーゼ様に今を楽しむなんて偉そうなことを言ったのに、落ち込んでいてはだめだと、私は顔をあげた。

「大丈夫。私は……自分で思っていたよりも図太いみたいです」

足は確かに痛むし、そして、自分の常識が普通ではなかったという現実に悲しくは思う。

けれど、結局のところ過去は絶対に変えることのできないものだ。

今、自分がどうするかを選び取るしか、結局のところはない。

もやもやとした気持であったけれど、空を見上げれば先ほどまでは恐ろしく感じた星空が、今では美しく明るく輝いて見えた。

気分一つで、全て変わる。

「エル様。私、頑張ります！」

そう伝えると、エル様は優しげな微笑みを浮かべて、私の頭を優しく撫でてくれた。

「あぁ。いつでも力になろう」

『無理はしないようにな』

その後、私はエル様と別れベッドに戻ろうとした。

けれど、窓に影が映り、私はエル様が戻ってきたのだろうかと閉めたカーテンを開いた。

「え？」

そこには、大きな黒い翼を広げた、チェルシー様が立っていた。

第三章　新たな問題

以前よりもどこか大人っぽい雰囲気になっているチェルシー様は、先ほどまでエル様のいた場所へと立つと、こちらに向かって笑顔を向けてきた。

一体全体何がどうなっているのだろうかと、私は窓から一歩後ろへと下がり、それからベッドの横にあるベルを取ろうとした。

「だーめ」

『うふふ』

私の手をチェルシー様は掴むと、私の体を抱きしめるようにぎゅっと包み込んだ。

「あ」

私は一瞬にして自分がチェルシー様に捕らえられているという事実に頭の中で様々な考えを巡らせる。私は今、チェルシー様に命を握られている。

竜の翼が見えたという事は、その能力も未だに有しているという事だ。

自分の命を奪うくらい簡単に出来るであろう。

「エレノア様ったら、震えているの？」

『かーわーいーい。ふふふ』

チェルシー様の心の声は楽しそうだけれど、だからといって安全な女性であるとは言い難い。

「チェルシー様……目覚めたのですか？」

とにかく時間を稼ごうと、私は口を開いた。

すると、チェルシー様は楽しそうに答えた。

「えぇ。目覚めたの。そして、私は運命的な出会いを果たしたわ」

『うふふ。とっても楽しみよねぇ』

にこやかに微笑むチェルシー様の言葉に、私はぞくりとした。

「でも、私ってヒロインじゃない？　本来ならアシェル殿下やハリー様の近くにいる立場だけれど今はエレノア様と私、立ち位置が逆転しているでしょう？　これじゃあ愛しい人の心が手に入らないなぁと思って、必要なものを取りに来たの」

『私には付随していない特典をもらっちゃいましょ！　これはエレノア様の為でもあるしね！』

言われている言葉の意味が分からずに困惑した瞬間、全身が脱力して力が入らなくなる。

「うふふ。大丈夫〜。何も心配いらないわ。私、エレノア様のことも大好きだから。他の人間はどうでもいいけれどね！」

『うん……うふふふ』

目の前が闇に呑まれていく。

私は静かに自分の意識が闇に飲み込まれていくのを感じた。

「っは……はぁはぁはぁ」

全身が汗でびっしょりに濡れている。

私はベッドから起き上がると、辺りを見回した。

いつもと何ら変わらない部屋があり、朝日が部屋へと差し込み、鳥のさえずりも聞こえた。

ガタガタと体が震えるのを感じながら、一体何が起こったのか、あれは夢だったのだろうかと思うけれど、全身が闇に包まれる感覚は今でも、鮮明に覚えている。

私はその場に座り込むと、そこへ朝の身支度を手伝うために侍女達が入って来た。

「エレノア様⁉」

『どうしたの⁉』

「どうかなさいましたか?!」

『何故床に⁉』

私は侍女達の手を借りてソファーへと移動して座ると、水を飲み、どうにか自分を落ち着けようとした。

一体何が起こったのだろうか。

確かに昨日チェルシー様を見た。そして、体が闇に飲み込まれた感覚を得た。

「あれは……なんだったの？」

小さくそう呟く。

けれどいくら考えても、何が自分に起こったのか分からなかった。

「エレノア様。本当に大丈夫ですか？」

『すぐにお医者様に見せるべきよね』

不安そうな侍女達に向かって私は小さく呼吸を整えると、笑顔で言った。

「大丈夫よ。ごめんなさい。寝ぼけていたみたい。怖い夢を見たのよ」

「お医者様を呼ばれた方がいいのでは？」

『心配です』

私は首を横に振ると立ち上がっていった。

「朝の準備を手伝ってくれる？　お湯をお願い」

「かしこまりました」

『大丈夫かしら。私達が気をつけておかないと！　エレノア様は頑張り屋さんだから疲れがたまっているのかもしれないわ！』

昨日お母様に鞭で打たれた箇所は、まだ熱は持っているが傷は残っていない。昔から傷がのこらないように鞭打つのが得意な人だった。

私はお風呂へとゆっくりとつかると、お湯を手ですくい顔を洗う。

「え？」

うっすらではあるが、両方の手首のところに小さな薔薇の花のような痣（あざ）が出来ていることに気が付いた。

よくよく見なければ気づかないくらい小さな、薄い痣。

けれどそれは両手首に確かにあった。

「これは、何？」

私は背筋が寒くなるのを感じた。

僕は、静かに怒りを感じた。

エレノアの両親であるローンチェスト家はよく言えば格式のある由緒正しい貴族の家である。

だがしかし、エレノアの両親がやったことは虐待でしかない。

基本的に貴族の令嬢、令息の教育というものは、家庭教師を雇うことが多い。昔は子どもの教育は両親が行うということもあったが、効率的ではなく、また、貴族という立場から教育が厳しくなりすぎることがあった。

現在鞭を使うような教育は野蛮とされており、それは教育ではなく暴力であると非難される事実である。

それがまさかエレノアがされているなんて、思いもしなかった。

しかもエレノアは当たり前かのようにそれを受け入れていた。

僕はそれが辛かった。

これまで何度、痛みに耐えてきたのだろうか。

これまでどれほど、涙を堪えてきたのだろうか。

僕はそれを思うだけで胸が痛くなった。

エレノアは頑張り屋さんだ。

何事にも一生懸命に取り組む姿は尊敬できる。だけれど、これまで少しやりすぎではないかと思うほど熱心に学ぶことがあった。

その根本に両親からの虐待があると考えるだけで吐き気がする。

「ハリー。ローンチェスト家に抗議文を送るぞ」

そう告げると、ハリーはすぐさまに書類を準備し、僕の目の前へと差し出してきた。

「国王陛下にも確認を取っております。アシェル殿下の考えるようにしろとのことでした」

僕は先にハリーが根回しをしてくれていたことに感謝しながら、手紙を書いていく。

エレノアの両親であるからこちらもこれまで丁寧に扱ってきたけれど、実の娘を何だと思っているのだろうか。

僕は久しぶりに腹が立ってたまらなかった。

エレノアの優しさを、エレノアの真面目さを、エレノアの頑張りを、これまで利用してきたのだ。

「これをローンチェスト家へすぐに届けるように」

「かしこまりました」

こういう時、僕は第一王子に生まれてよかったと思う。

ローンチェスト家は由緒正しい公爵家である。だがしかし、王家を蔑ろにできるような力はない。

「もう二度と、エレノアは傷つけさせない」

僕はぐっとこぶしを力強く握った。

結局、私の両手首には薔薇のような小さな痣がうっすらとあるけれど、あまりに小さくそれでいて薄いものだから、気づかれることはない。
今日の午後アシェル殿下と会う予定となっているので、アシェル殿下には相談をしようと思いな

がら、私は図書館に向かって歩いていた。

本当はすぐにでもアシェル殿下の所へと行きたかったのだけれど、連日自分の為に時間を割いてもらうのが申し訳なくてどちらにしても昼には会えるのだからと我慢することにした。

今のところ、何の異常もないことと、もしかしたらただの痣で昨日の事もただの夢という可能性も捨てきれなかった。

何よりも自分自身が少し落ち着きたいという気持ちもあったのだ。原因の分からない不安という物は胸の中でうずまいて、心をそわそわとさせる。こういう時には、自分が安心して落ち着ける場所に行くのが一番である。

私にとって図書館とはそういう場所であった。


サラン王国の王城の図書館というものは、一言で言って美しい。

まるで教会のようなつくりをしており、壁一面に本棚が作られている。高い吹き抜けの天井は開放感があり、並べられている本一冊一冊が丁寧に作られていて、それもまた美しい。

私は元々本を読むことが好きだったので、実家でも時間があれば本を読んでいた。

本を読んでいる時だけは、他人の心の声など意識をしなくてもよくて、集中すれば何の音も聞こえなくなった。熱中すれば熱中するほどに無駄な雑音が消えて、それが心地よかった。

だからこそ今でも妃教育の休憩時間や休みの日など、することがない日は図書館に足を運ぶようになった。

サラン王国の歴史や諸外国の本なども興味深く、私はそれらをじっくりと図書館で読む。

そして、この図書館の良いところは、本を読んでいる場所でお茶を飲んだり軽食を食べたりできることである。

もちろん本を汚さないように細心の注意は必要であるが、初代の国王陛下が本を読みながらお茶を飲むのが一番の癒しの時間だったとかなんとかで、サラン王国のこの王城の図書館では許可されている。

私は読みたい本を本棚から選ぶと、侍女に甘い香りの紅茶を入れてもらった。

そして、本を開けば、もう誰の声も聞こえない。連日、嫌なことが続いているからこそ、心の声の聞こえない平穏な時間が、いつも以上に心地よかった。


私は読んでいた本をぱたりと閉じると、大きく息を吐いた。

本を読み終えた後の読了感がたまらない。そして大きく息を吸って、背筋を伸ばして、ゆっくりと息を吐く。

読み終えた本の表紙を手でなでていると、静かだった世界がまたうるさくなり始め、現実へと引き戻されていく。

『エレノア嬢。今日も楽しそうに本を読んでいたな』

聞こえてきた心の声に、私はため息をつきたくなるのをぐっと堪えた。

図書館を使うのは自由なのでもちろん他の人がいるのは当たり前である。心の声にも慣れてはいるものの、読了後の声は通常よりも響いて聞こえる。

特に最近、アゼビアの王子であるジークフリート様の心の声が静かな空間に響いて聞こえてくるようになっていた。

最初の頃は、ジークフリート様がいるのかという思いと、まぁ視界には入っていないので挨拶をしなくても問題ないだろうと思っていた。

けれど、ジークフリート様の位置からはこちらがよく見えるのか、私のことを観察しているような呟きが多い。

『今日も分厚い本だったというのに、読むのがどんどん速くなるな。というか、あの本が面白いのか？　独特な趣味だな』

私が今読んでいたのは薬草学初級という題名の物である。様々な植物について挿絵付きで詳しく載っていて、私としては面白かったのだけれど、ジークフリート様の好みではないらしい。

ただ、現在気になっている心の声は、ジークフリート様のものではない。

『これほどジークフリート様が興味を持たれている人は初めて……秘密裏に誘拐するか？　いや、それは問題があるか。ならば外交的にエレノア様をこちらの国へと嫁がせる手段を見つけるか？　ふむ』

やめてほしい。私は現状で幸せなので変な画策などしないでほしいと思ってしまう。それに、そもそもジークフリート様は私に好意をいだいているかも疑問だ。以前ダンスを踊った時に〝可愛くない〟と連呼されたことを私はまだ根に持っていた。

現実から少し目を逸らして、一人の時間を楽しむことで心の平穏を取り戻していたと言うのに、心の声にげんなりとしてしまう。

ジークフリート様の側近であるアレス様が最近変なことばかり考えているので怖くなりつつあった。

どうしたものか。側近というものは主の考えの一歩、二歩先のことを考えていなければならないと聞いたことがあるものの、今回の考えは明らかな判断ミスである。ジークフリート様にとって私は可愛くない女だというのに、やめてほしい。

私はしばらくの間、図書館に来るのはやめようかなと考えていた時であった。

図書館内がバタバタとし始めて何かと思っていると、ハリー様がやってきて私の目の前へと来ると言った。

「時間がありません。急ぎ一緒に来てください」

『ぼん、きゅ、ぼーん！』

焦っている様子なのにやはり頭の中で私はそう呼ばれているのかと、思ってしまう。

何事かと思っているとジークフリート様もアレス様と共にばたばたとその場から立ち去っていくのが気配で分かった。

私もハリー様と共に図書館を出たのだけれど、その焦った様子にいったい何があったのだろうかと不安になった。

部屋の中に入ると、そこにはアシェル殿下が何人かの人と話をしている。

私は侍女に促されて席に座るとお茶が目の前に準備されていく。

それを見つめながら心の声を聴いていると、アシェル殿下の大きなため息が聞こえてきた。

『はぁぁぁぁぁぁぁ。エレノア。待たせてごめんね。ちょっと待ってね』

私は小さく頷きながら待っているのだけれど、他の人達の心の声も聞こえてくるので、それに思わず顔を歪めそうになるのをぐっと堪えた。

『まさか、建物が半壊するとは……魔獣か？』

『まさかあの女が行方不明とは……』

『いったい何が起こっているのか。とにかく早急に見つけなければ』

何が起こったのだろうか。アシェル殿下は話を早々に切り上げたようで、部屋の中にいた人達も部屋から出ていく。

私の目の前に、疲れた様子のアシェル殿下が座った。

「エレノア。待たせてごめんね」

『あー。どこから話そうかなぁ。むぅ』

アシェル殿下は瞼を閉じると小さく息を吐いてから話し始めた。

「実はね、眠っていたチェルシー嬢が何者かの手によって連れ去られた。生死は不明。建物が半壊の状態で、一体何が起こったのか現状分かっていないんだ」

その言葉に、私の心臓がどくりどくりと煩くなる。

では、やはり昨日の事は夢ではなかったのだろうか。

両手首にある痣に私は視線を向け、それから顔をアシェル殿下に向けた。

「意図的に連れ去られたという可能性もあるということですか？」

アシェル殿下は首を横に振った。

「いや、おそらくは人間の仕業じゃないんだ」

「え？」

「というか、チェルシー嬢がいた建物が半壊で、しかも一夜にしてだから、人の手では難しいだろうっていう話になったんだ。はぁぁ。生死だけでも確認できたらよかったんだけどね」

昨日のあの姿を思いだし、私は小さく息を吐く。

生きている。しかもあの様子からして元気になっていた。

「アシェル殿下……」

「とりあえず、また何かわかり次第エレノアにも教えるよ。ただ今日ここに呼んだのはそれだけじゃないんだ」

私達の言葉が重なり、私は昨日の事を話そうとした時であった。

部屋の中の空気が変わったような気がして私はあたりを見回した。

第四章　妖精の国へご招待

アシェル殿下も異変に気が付き立ち上がると、私を守るように背にかばった。

「なんだ？」

その時であった。

部屋の中にファンファーレが鳴り響いたかと思うと、天井から色とりどりの花弁が舞い落ちてきた。その光景は美しいものの、嫌な予感しかしない。


「え？」

「なんだ？」

「妖精の国に招待よ！　エレノア！　それにアシェル王子もいらっしゃい！」

「「え!?」」

目の前にユグドラシル様が現れたかと思えば、私とアシェル殿下の目の前には扉が現れそれが開かれた。

目の前が光に包まれたかと思った瞬間、アシェル殿下は私を守ろうと抱きしめてくれた。アシェル殿下のぬくもりを感じながら、一体何が起こっているのだろうかと身構えていた私達だったけれど、衝撃はない。

一体何が起こったのだろうかと、私は恐る恐る目をゆっくりと開いた。

「あははは～」

「ひゃっほーーー！」

「いらっしゃーーい！」

花弁の嵐である。どこから降ってきているのか分からないけれど、風に花弁が舞い上がり、夢のような光景が広がっていた。

そして辺りを見回せば、美しい青空と緑、そして花々が咲き誇る草原。

樹齢何年なのだろうと言うような巨木には妖精たちの可愛らしい住まいがあるようであった。

「ここは……？」

アシェル殿下に抱きしめられながら私も周囲を見回すと、花弁がバケツ一杯頭からかぶせられ、それを楽しそうにユグドラシル様が笑う姿が見えた。

「エレノア！　アシェル王子！　妖精の国にいらっしゃい！」

楽しそうな声でユグドラシル様はそういうと宙をくるりと一回転してから、私の目の前までやってきた。

「どう？　びっくりした？」

にこにこと笑うユグドラシル様に、私とアシェル殿下は苦笑を浮かべつつも、頷いた。

「えぇ」

「はい。驚きました」

『というよりも、何が何だかわからないよ～。とにかく、襲撃とかじゃなくてよかった。エレノア、とりあえずはチェルシー嬢のことはまたあとで話をしよう。考えることは色々あるけど、ここに来たら、今考えても仕方ないだろうしね……』

私が小さく頷くと、アシェル殿下は心の中で私の為に話し始めた。

『妖精の国に招待なんて、なかなかされることじゃないよ。エレノアは本当に好かれているよね。

あ、エレノアも文献などで知っているかもしれないけれど、妖精の国には、妖精に招かれないと入れないんだよ。あとさ、ここは人の国にはない、珍しい植物や花が咲くんだそうだよ。ふふふ。僕は国を離れることはめったにないから、こうやって違う国に来るの初めてだ、不謹慎だけど、ちょっとわくわくするー』

「とても驚きましたが、それで、あの、これは一体どういう事なのでしょうか？」

アシェル殿下の心の声に私も少しだけわくわくしているなんて思いながら、私は尋ねた。

ユグドラシル様は私の声に腕を組むと、笑みを消して言った。

「大切な話があったから、妖精の国に招待したのよ。でも、今回はかなり大事だから、お母様から話を聞いてちょうだい」

『はぁ。嫌だわ。あれの臭い（におい）が強くなったのを感じる。はぁ。嫌だ嫌だ……ん？　あら？　エレノア匂いが変わった？　いや、薄まった？……？　気のせいかしら』

「大切な話、ですか？」

臭いとはいったい何だろうかと思いながら、私とアシェル殿下はユグドラシル様に導かれるままに、妖精の国を進んでいった。

一見巨木が並ぶ美しい場所だけれど、よくよく見れば妖精たちの住まいがところどころにある。

そして、そんな中を通り過ぎた奥に、美しい小さな泉があった。

泉の水は銀色にきらめき、大きく揺れた次の瞬間、その泉の後ろに、若木が一本生えているのが見えた。

その上に、透けるような白銀の羽をもつ、美しい妖精がいた。

あまりの美しさに私とアシェル殿下は息を呑む。

「お母様！　連れてまいりましたわ！」

『はぁぁ。今日は機嫌がいいみたい。よかったわぁ！』

その言葉に、妖精の女王様にも機嫌の善し悪しがあるのだなと、私は内心思った。

まるで絵本の世界から飛び出してきたように美しく可愛らしい妖精の女王様を私とアシェル殿下は見つめながら言葉をまっていた。

すると、可愛らしい声が聞こえてきた。

「突然招いてしまい、驚いたでしょう。ですが、二人には話しておくことがあり、この場に招いたのです。私の名前はエターニア。妖精を統べる女王です」

『うふふふふ。さぁここは王女の威厳たっぷりの雰囲気でいきましょう！』

ユグドラシル様の茶目っけたっぷりな性格はおそらく女王様から引き継いだのだろうなと、私は思った。

エターニア様は立ち上がると私たちの目の前まで羽をはばたかせ飛んできた。そしてふんわりとスカートを揺らす。

「エターニア女王。本日はお招きありがとうございます。ですがあまりに突然なことに驚いています。理由をお聞かせ願えますか？」

『妖精は怒らせたら厄介だからなぁ。さぁ、上手く切り抜けていこう。エレノア！　頑張ろうね』

私はそれに小さくうなずき返した。

仲良くしている時には妖精は頼もしい生き物だけれど、その性格は他の種族と比べても喜怒哀楽が激しく、何をするか分からない種族でもあるのだ。

エターニア様はうなずくと答えた。

「私たちにとっても厄介な相手であるあれが目覚めた」

『はぁ。厄介だわ。どうしたものかしらねぇ。おそらくこのエレノアという人間の娘は狙われるでしょうねぇ』

その言葉に私は一体何のことだろうかと疑問を抱く。

すると横からユグドラシル様が羽をブンブンと鳴らしながら声をあげた。

「ほら、この前捕まえた、半分腐っているチェルシーって女がいたでしょう？　彼女の臭いににおいにつられてあれが人間の国の建物を壊したって聞いたわ」

『やっぱりあのにおいにつられるわよね。いつかは来ると思っていたわ』

私はその言葉に顔をあげると声をあげた。

「チェルシー様ですか？　あの、何か知っていることがあるのであれば、詳しく教えてください！」

その言葉に、エターニア様は大きくため息をつくと言った。

「人間の世界では、闇や悪魔といった単語で表現される生き物が、チェルシーという女を攫ったようです。そのチェルシーという女は相当な悪行を積んでいたとか。その臭いにおいにつられたのだと思います」

『餌にしたかもしれないし、まだ食べられていないかもしれない。こればかりは分からないわ。でも、警告はしておいてあげなくてはいけないでしょうね。ユグドラシルを助けてくれた純粋な乙女だもの』

エターニア様はそういうと私の方へと視線を移した。

「ユグドラシルを助けてくれたのは貴方でしょう？　本当にありがとう。この子が無事に妖精の国に帰ってこられたのは貴方のおかげだわ。感謝いたします」

『絶対に戻ってはこられないと思っていたのに、本当に感謝してもしきれないわ』

「いえ、そんな」

「だからこそ、そのお礼にと、事前に伝えているのです。これからあれは貴方を狙うでしょう」

『可哀そうに』

「え？　それはどういうことなのですか⁉」

『なんでエレノアが狙われるの？　意味が分からない！　どういうこと⁉』

アシェル殿下の焦った言葉にエターニア様は答えた。

「貴方からは清浄な清らかな香りがします。あれがそんな貴方の存在に気付かないはずがない。チェルシー嬢は餌という香り、でも貴方はおそらく心惹かれる香りと言ったところかしら。ですからいずれ、狙われるでしょう。アシェル殿下。妖精の国の恩人でもあるエレノアを、どうかよろしくお願いしますね」

『もし守れないというなら、妖精の国で引き取るのだけれど……それにしても、香りが少し薄い？　気のせいかしら』

香りが薄いという言葉が気になっていると、アシェル殿下は私の手をしっかりと握って答えた。

「もちろんです。エレノアは僕が守ります。あの、もう少し詳しく色々教えていただいてもいいでしょうか？」

『絶対に守る。だからエレノア心配しないで』

握られた手からは、アシェル殿下のぬくもりが伝わってきて、私の抱いた不安はすぐに消えたのであった。

エターニア様はその後私とアシェル殿下に、闇について話をしてくれた。

闇とは昔から存在するものであり、時には悪魔、時には魔物と呼ばれることもある存在であり、いつの世であっても暗闇から生まれいでてそして大きくなっていくのだという。

これまでも生まれいでては大きくなり、その度に、誰かしらが対処してきたのだという。

エターニア様も遥か昔に対峙したことがあるそうだが、思い出したくもないと顔を歪め、そしてあの腐ったような臭いはもう近くでは嗅ぎたくないと呟いていた。

そして今回の闇が生まれたのはまだ最近の事だという。ただ、今回の闇は生まれてから突然大きくなった気配がしたと言っていた。

「エレノアのような匂いは、良くも悪くもいろんなものを引き付けるのです。おそらくいずれ闇も貴方の匂いにつられて現れるでしょう。そうなった時の為に、これを」

『ユグドラシルを封印するために作った特注品。おそらくこれならば闇も封印できるでしょう』

エターニア様はそういうと、ユグドラシル様が封印されていた壺を私に手渡した。それはユグドラシル様が帰る時に一緒に消えたものであり、アシェル殿下もその行方を気にされていたものであった。

「使う機会がないことが一番ですが、もしもの時にはお使いなさい」

『妖精の力を込めてあるから、闇にも対抗できるはず』

「ありがとうございます」


そんなやり取りをしたのだけれど、私は自分の手の中にある壺を使う機会が、エターニア様の言った通り来なければいいなと、先ほどの事を思い出しながら思った。

「エレノア？　大丈夫？　顔色が悪いよ？」

その言葉に、私は横にいたアシェル殿下の胸に寄りかかるように、頭をもたれかけた。

『っは⁉　か、可愛い……あ、ごめん。つい……あぁぁぁぁ！　心の声ってどうしようもない！ごめんね！』

顔を赤らめてアシェル殿下が心の中で悶絶しているのを聞いて私は笑ってしまう。

「ふふ。すみません。なんだか気を遣わせてしまって」

「いや。ごめんね……はあぁぁ。僕ってなんでこう、格好がつかないのかなぁ。エレノアの前でこそ、かっこいい王子様でいたいのになぁ」

その言葉に、私は首をかしげる。

「かっこいいですよ？　私が知る中で、アシェル殿下は一番かっこいい人です」

アシェル殿下の動きが、ぴたりと止まった。そして恥ずかしそうに顔を赤らめた。

「あ、いや……そう、かな」

『エレノア……その、いや、ありがとう。ごめん恥ずかしい。そんな、真正面から言われたことなんて、ないから……あぁぁぁ。ごめん、照れる』

私の一言に照れてしまうアシェル殿下はやはり可愛いなと思ってしまう。こうやって一緒に過ごしていると色々な一面を見ることが出来て私は嬉しいなと思った。

私達は妖精の国の宴の席についていた。とはいっても、妖精達はすでにどんちゃん騒ぎで最初こそ客人としてもてなされていたが、今では放置である。

エターニア様もユグドラシル様と共にその中心となっており、楽しそうに踊っていた。

エターニア様からは、私からは良い香りがするのだから気を付けるようにと、再度言われた。

闇は光を求め彷徨う生き物である。だからこそ、私から漂う香りに惹かれてやってくるだろうと、だから気をつけろと忠告するために妖精の国に招いたのだと言っていた。

それを聞いて、私は、嫌な予感が頭をよぎっていた。

私が転生したのは、アプリゲームの世界である。

今まで考えもしなかったけれど、ゲームにはアップデートというものがある。新しくゲームの新章が開くという可能性があるのだ。

闇が現れチェルシー様を攫った。これは、ゲームの物語の始まりとも考えられる。

「考えすぎ……かしら……」

そう思いたかった。けれど、そう思わずにはいられなかった。

「エレノア」

名前を呼ばれて顔をあげると、アシェル殿下に頭を優しく撫でられる。

「そんな顔をしないで。大丈夫。何があっても僕が君を守るから」

『わぁぁ。台詞クサいよね。でも本当にそう思っているんだよ？』

かっこいいのか可愛らしいのか。

私はアシェル殿下の言葉がとても嬉しくて笑顔でうなずいた。

「はい。アシェル殿下を信じていますわ」

私は嘘偽りなくそう答えたのだった。そして、私は今こそ腕の痣について話すべきだと考え、アシェル殿下に言った。

「話したいことがあるのです」

真っすぐにアシェル殿下を見つめると、アシェル殿下はすぐに頷き、二人で静かな場所へと移動する。

遠くから妖精たちの声や音楽が聞こえた。

どんちゃん騒ぎが遠くなったからか、虫の音が先ほどよりも響いて聞こえる。

「エレノア。話って、何があったんだい？」

真剣な表情に、私は静かに両手を差し出すと、手首を見せて言った。

「……チェルシー様が、私の元へやって来たんです」

「え？」

私は先日のことを思い出しながら状況を事細かに伝え、もしかしたら夢かもしれないとも伝えた。

けれど、手首には確かに痣があった。

アシェル殿下は私の手首をじっと見たのちに、静かに言った。

「エレノア。体調などに変化はないんだよね？」

『詳しくは王城に帰ってから調べるしかない』

「はい……でも、もしかしたら私の、勘違いかも」

「エレノア」

「え？」

顔をあげてアシェル殿下を見ると、少し怒ったような悲しんでいるような表情を浮かべていた。

「これから何かあった時、絶対にすぐに教えてほしい」

『……僕が悪い。エレノアに気を遣わせてしまっていたんだよね』

その言葉に私は慌てて首を横に振ったけれど、アシェル殿下は、はっきりと言った。

「僕達はこれからずっと一緒にいるパートナーだよ。僕にとってエレノアは大事な人。だから、悩んだ時はすぐに話して。時間なら作るから」

『遠慮なんていらない。きっと、思い悩んだよね……僕は、一人で悩まないでほしい』

私はこれまでの人生でずっと一人きりだったから、頼るということをしてこなかった。何か悩んだとしても、話を聞いてくれる人はいなかった。

だから、アシェル殿下の迷惑になってはいけないと思っていた。

頼ることは迷惑をかけることだと、思っていた。

「私……ごめんなさい。本当は、ずっと不安だったんです。でも、アシェル殿下がお忙しいのが分かっていたから」

「うん。エレノアは優しいから。でもね、いいんだよ。僕を頼ってほしい。迷惑なんかじゃないから」

『迷惑なんて思うわけがない。知らされない方が、悲しいよ』

今まで私にそんなことを言ってくれる人なんて、誰もいなかった。

お母様には、迷惑をかけることを恥じろと言われたことがある。

お父様には、頼ることは自分が未熟だからだと言われたことがある。

自分の根本にある、両親の言葉が打ち砕かれたように感じた。

「……はい」

アシェル殿下は私の事を優しく抱きしめた。

心臓の音が聞こえる。

抱きしめられる心地よさを知ってしまった私は、もう一人には戻れそうにない。

この穏やかな時間が続けばいいのにと思った時であった。

草木をかき分けて三つの影が飛び込んできた。

アシェル殿下は突然のことに驚きながら私を背にかばったが、その姿を見て、アシェル殿下は声をあげた。

「え？　獣人の国の子ども達？」

『なんで、ここに？』

私もその言葉にアシェル殿下の後ろから顔を出すと、そこには獣人のリク、カイ、クウが瞳を輝かせていた。

「「「エレノア様！」」」

三人は私に飛びつくようにして抱き着いてきた。

アシェル殿下は止めるべきかどうか一瞬迷うが、獣人の子ども達には敵意がないのは明らかで、様子を見守ることにしたようだった。

「三人とも久しぶり！　どうしたの⁉　どうして、妖精の国にいるの？」

私がそう尋ねると、三人はしっぽをブンブンと振りながら話し始めた。

「エレノア様がいるって聞いて、会いに来たんだ」

『会えて嬉しい。はぁ、また綺麗になっている』

「ふふふ。ユグドラシル様に感謝だなぁ～」

『会えて嬉しい～！』

「あえた。嬉しい。大好き」

『ぎゅーってしたいー』

三人は私にぎゅっと抱き着くと、ぶんぶんとしっぽを振っている。

以前よりもなんだか甘えてくるその姿に、私は可愛らしいなと思いながら抱きしめ返した。

リクは以前は照れてしまっていたけれど、今回は久しぶりに会うからなのか、恥ずかしがらずに抱きしめてくれるから、私は嬉しかった。

『アシェル王子もいるのかー。それがちょっとな』

リクの声に、私は首をかしげると、アシェル殿下はリクと視線を合わせていた。

『俺がもっと大きかったらなぁ。こんな王子に負けないのに……エレノア様が好きそうだから仕方ないけど……まぁ、婚約期間に心変わりもあり得るしなぁ～』

リクの声が聞こえ、次にアシェル殿下の心の声も聞こえてきた。

『あの顔絶対に僕のこと嫌っているよね？　むぅ。狙っているよね。うん。そうだよねぇ。男の子だもんねぇ～。でも、エレノアは渡さないけどね！』

二人の間で火花のようなものが飛ぶ中、カイとクウはふにゃっとした笑顔で心の中も穏やかなものであった。

『あーずっと一緒にいたい』

『にいたまのおよめさんなんないかなぁ』

穏やかだと思っていたのに、全然そうではなかったと、私は苦笑を浮かべた。

私達は場所を移動し、三人はユグドラシル様やエターニア様に挨拶を済ませてからまた話をしに来た。

三人とも以前よりも身長が伸びたようであった。特にリクは私と同じくらいの身長になっており、子どもの成長は早いなと思った。

「身長三人とも伸びたわねぇ」

私がそう告げるとそれにリクは大きくため息をついた。

「言っておくけど、エレノア様。俺、身長はこれから結構伸びるからね。エレノア様なんてすぐに越すし、子ども扱いはしないでよ」

『恥ずかしいだろーが。子ども扱いするなよ。エレノア様なんて今だって抱き上げられるくらい力はあるんだからな』

『ふふふ。恥ずかしがってるー』

『ははは』

私は子ども扱いしたつもりじゃなかったのだけれどなと思っていると、アシェル殿下は私の肩を抱きながら言った。

「そうだね。きっと大きくなる。素敵な恋人が出来るといいですね」

『大きくなったところで、エレノアは渡さないけどね』

アシェル殿下とリクの間にまた火花が散るけれど、私は子ども相手にも真剣にやきもちを焼いてくれるアシェル殿下可愛いな、なんてことを考えていた。

三人は急遽こちらに来たらしく、しばらく話をした後には帰ると聞いていた。

私はもっとゆっくり話が出来たらいいのにと思っていると、アシェル殿下がユグドラシル様に呼ばれて少し席を離れた時にリクは言った。

「エレノア様。アゼビアで異教徒が問題になっているのを知っているか?」

『今日はこれを伝えに来たんだ』

「え？」

私はリク達がただ会いに来てくれたのだと思っていたのに、違ったようだということに、少しだけ姿勢を正した。

「アシェル王子には話が行っていると思うけれど、これからしばらくアゼビアは荒れるかもしれない。後、異教徒の崇拝する闇についても情報が錯綜（さくそう）している。異教徒、アゼビア、そして闇について気を付けてくれ。もし何かあったら、俺、力になるから。呼んでくれ」

『もしもの時には獣人の国に避難すればいい』

その言葉に、私はリクが一生懸命に私のことを心配してくれているのだと、感じ、優しいなと頭を撫でた。

「ありがとう。でも私にはアシェル殿下がいるので大丈夫よ」

リクはむっとしたように眉間にしわを寄せた。

「俺の方が力になれる！」

『なんだとお。また子ども扱い』

私は頭を撫でるのをやめようかと思ったけれど、リクのしっぽが嬉しそうにブンブンと振られていたので、そのまま撫でた。

その後獣人の三人はしっぽと耳を項垂れながら、帰っていった。

獣人の国と繋がった扉の前で、三人は私をぎゅっと抱きしめた。

「いつでも獣人の国にこいよ」

「待ってる」

「うえぇぇぇん」

三人を抱きしめ返し、私は帰っていく三人を見送った。

扉が閉まると、アシェル殿下は息をついた。

「油断も隙もないよね」

『いつまで子ども扱いを受け入れるかなぁ。はぁ。エレノア〜。もうちょっと危機感もってぇー。むぅ。僕がおかしいの？　え？　僕が心が狭いの⁉』

私はくすくすと笑ってしまう。

そんな私を見て、アシェル殿下はまた息をつくと、それからつられるように笑ってくれた。

空を見上げてみれば、美しい青が広がっており、ここは本当に美しい所だなと感じた。

風が、優しく頬を撫でていく。

「エレノア」

名前を呼ばれ、私はアシェル殿下の方へと視線を戻すと、アシェル殿下は真剣な眼差しで私の事を見つめると言った。

「僕はエレノアに出会えてよかった」

そう告げられ、私は目を大きく見開いてしまう。

心臓がドキリと跳ねて、それからどんどんと心臓が煩くなるのを感じた。

「……私も、私もそう思っています」

素直にそう告げると、アシェル殿下は嬉しそうに微笑みを浮かべ、へにゃっと笑う。

いつも人前では王子様らしく振舞っているアシェル殿下の素の笑顔に、心臓が持ちそうにない。

ドキドキと高鳴る胸を押さえる私に、アシェル殿下は空を見上げて恥ずかしそうに言った。

「唐突に申し訳ないんだけどさ……僕さ、第一王子に生まれて幼い頃からいずれ王国にとって一番有益である女の人と結婚するということが決まっていたから、今まで、女性を恋愛対象に、その、実は見たことがなかったんだ」

「え？」

どうしたのだろうかと思いながら、アシェル殿下の言葉を、私は静かに聞いた。

「政略結婚は王族にとっては当たり前。だから、婚約者が決まるまでは女性のことを異性というか恋愛対象というか、そういう目で見たことがなくって……あ、そりゃあ、綺麗な人だなとか可愛らしい人だなくらいは思ったことあるよ？　でも、そういう意味じゃなくてさ、恋愛の好き、嫌いの意味ね？」

私がうなずくと、アシェル殿下は鼻先を指で掻き、それから耳まで真っ赤にしながら言った。

「だから、こんなに人のことを好きになるのが初めてすぎて……国のこととか、闇のこととか、色々あるけどさ……その、僕の婚約者になってくれてありがとう……」

胸がきゅんと高鳴りすぎて、私は息を吸うことを忘れた。

可愛い。かーわーいーいー！

アシェル殿下と一緒にいると、語彙力が乏しくなってしまう。

そんな私は、次のアシェル殿下の一言に、驚いてしまう。

「僕、王子に生まれて良かった。この立場じゃなかったらきっとエレノアの婚約者にはなれなかっただろうしさ。王子だからエレノアと結婚できると思ったら、第一王子がんばろーって、ちょっと安易だけど思っちゃう」

その言葉に、私は胸の中につっかえていたものがすとんと落ちた。

「……私も、私もです」

「え？」

「私も、アシェル殿下のことが、本当に好きです。公爵家の令嬢に生まれてよかったと、思ったことがあって……公爵令嬢じゃなければ、アシェル殿下とはこのような関係にはなれなかったでしょうし、その、何が言いたいかというと……」

私はアシェル殿下の手を取ると、真っすぐに見つめて言った。

「大好きです」

『可愛すぎてしんどい』

アシェル殿下は両手で自分の顔を隠してしまった。

「え？」

「あぁぁぁぁあ。ごめん。いや、ごめん。ちょっと待って」

『可愛いすぎるでしょ。あぁぁぁ、一、二、三、四、五、数字を数えても雑念が振り払えない！』

両手で顔を覆いながら、しばらくの間無言になるアシェル殿下を私はじっと見つめながら待った。

耳まで真っ赤になっていて、髪の毛がさらりと風に揺れる。

「耳、真っ赤です」

つい、手を伸ばして触れてしまう。

びくっとアシェル殿下の体が跳ねて、両手をどけてこちらをアシェル殿下が見た。

真っ赤な顔と、驚いたように見開かれた目。その表情に、私の心臓もまた跳ねて、熱が移る。

「ご、ごめんなさい」

「い、いや、大丈夫」

その時であった。

茂みの中から小さな声が聞こえ始め、その声が一つや二つではないことに私は気が付いた。

『これが人間のいちゃこらか』

『あ～まずっぱーい』

『こっちが恥ずかしくなる』

『あー。恋がしたいー』

『人間って、幸せな生き物ねぇ～』

『うーらーやーまーしぃぃぃぃ』

私は、妖精達にずっと見られていたのだということに気が付いて、慌ててアシェル殿下の方を見た。

「アシェルで」

アシェル殿下の大きな手が私の頬に添えられて、そっと唇が重なった。

軽いリップ音が響き、アシェル殿下は言った。

「ごめん。我慢できなかった」

顔に熱がこもる。

『キスだ』

『キスした』

『ふぁぁぁぁぁぁぁっぁぁ』

『やるぅぅぅぅぅ』

『きゃぁぁぁぁぁぁ』

妖精達が木陰で私達の様子を見て叫び出す。

私は恥ずかしすぎて、はくはくと口を動かして、それから両手で顔を覆ってうつむいた。

「あ、エレノア？　ご、ごめん。怒った？　ごめんね！」

『あぁぁぁぁ。ごめん！　ごめん。僕の理性が、僕の理性がぁぁぁぁ。エレノア、本当にごめん！』

違うんです。

キスしてくれたのは、嬉しいんですとは言えなかった。ただ、妖精たちにばっちりと見られてしまったことが恥ずかしくて恥ずかしくてしょうがない。

私はしばらくの間顔をあげることが出来ず、アシェル殿下はずっと慌てた様子で、言葉を繰り返していた。

妖精達がいなかったら、と私は考えている自分が恥ずかしくてさらに悶絶してしまうのであった。

蠢く者がいた。それは悍ましく、異臭を放ち、この世の生物が通常であれば忌避するもの。
けれど、闇に魅せられた者にとっては魅惑的で、心がそれの前に行けば踏みつけられ潰されそうになりながらも、求めずにはいられない。
いつの世にも、闇に惹かれてしまう者はいるのだ。
ただそれを隠し、息をひそめているだけ。

「あぁぁぁぁ。我が主よ。お目覚めくださいましたか」

異臭を放つそれを地下の神殿にて崇める男は、黒い装束を身にまとい、頭にはギョロリとした目玉をモチーフにした飾りがつけられている。

そして恍惚とした表情で異形に向かって頭を下げる。

「我が主。どうか、お召し上がりください」

血に染まった祭壇に捧げられていくものは、竜の首、肉、骨、臓物。悍ましい物ばかりが並んでいる。

それを黒装束の者達が運ぶと、男の後ろへと下がり地面に伏せて首を垂れる。

「あぁぁぁ。良い香りだ」

そう言いながら、悍ましい異形の物は巨大な口を開けてそれをむさぼり始めた。

くちゃくちゃばりぼりという何とも言えない音が響き渡る。

恐ろしい光景でしかないはずなのに、平伏す人々にとってはそれすらも崇高なもののように感じられているのか、崇めるように手を合わせるものまでいた。

そんな中、まるで恋人にでも話しかけるように、一人の少女がそれに歩み寄ると言った。

「まぁ。お行儀が悪いこと。ふふふ。ほら、お口が汚れていますわ」

口元をハンカチで拭うと、一瞬でそれは黒々と染まり、そして焦げて崩れ落ちてしまった。

「ふふふ。何だ。お前、本当に元気になったなあチェルシー」

チェルシーは、楽しそうに笑みを浮かべた。

「主様のおかげです。私の穢れ、腐ったものを全て食べてくださったから」

普通の人間であれば、腐り落ちた体を食べられて生き残れるはずがない。しかしチェルシーは違った。

自らの中に残っていた竜の血の純粋な治癒の能力だけを体に凝縮して残し、穢れの部分を全て異形に食べさせたのである。

それは異様な光景であったが、闇に心酔し信仰する者たちにとっては崇高なもののように見えた。

「うふふ。だから体は綺麗になって、しかも」

次の瞬間チェルシーの背中には漆黒の蝙蝠(こうもり)のような翼が生える。

「竜の能力も手に入れた！」

恍惚とした表情のチェルシーは口づけをすると、ずぶずぶとその部分が再生を繰り返していく。

「人間のくせに図太い女だ」

「あら、そうかしら？　でも、嫌いではないでしょう？」

チェルシーの言葉に、それはくくくと喉の奥で笑うと、言った。

「嫌いではないが、別段なんだというわけでもない」

「ふふふ。本当に？　主様はいつもサラン王国の香りというけど、私の香りだって、良い香りなのですよ？」

「なんだと？」

「ほら」

チェルシーはそう言うと、手首を見せるようにしてくるりと回って見せた。

その瞬間、異形は目を見開いた。

「この……香りは」

「ほら、良い香りでしょう？」

チェルシーはそう言うと異形を抱きしめた。

一瞬身をこわばらせた後に、鼻をすんすんと鳴らして、頷いた。

「この香りだ。そうだ。これだ。あぁぁぁぁ。何故今まで気づかなかったのだ？」

その言葉に、チェルシーは笑った。

「私最近になってやっと本当に元気になってきたので、それでではないかなと思いますよ？」

違和感のある言葉ではあったが、匂いは確かなようで、異形はすんすんと鼻を鳴らした。

求めていた香りが近くにあるというのは、心地が良く、異形はチェルシーをぐっと抱きしめながら、大きく息を吸って吐いた。

「ああ。これだ。チェルシー」

「うふふ。私は貴方のことが大好きですから、ずっと一緒におりますわ」

チェルシーは優しく微笑むと言った。

「この体を、私を利用しようとしないのは、主様が初めてです……なんの見返りもなく一緒にいてくれるのも」

見返りという言葉に、ぎょろりとした目でチェルシーを見つめるそれは、ため息をつくように息を吐いた。

「不必要なだけだそれで、我の体はまだか……人間の体が我には必要だ」

その言葉に、頭を垂れていた一人の男が顔をあげた。

「候補は二つ。肉体的なことを言えば、私の妹の所にいる竜の王子がいいのではないかと」

異教徒を現在統率する者の名はオレディン・ノーマン。現在アゼビア王国の宰相を務める男であった。アゼビア王国側にはばれることがないように、闇信仰を続けており、彼は宰相という立場を利用して仲間を増やしてきた。

彼が闇信仰を始めたのは妹が嫁いでからであり、妹のミシェリーナは彼が闇信仰を始めたことを知らない。

「あぁ。だが、どこからか香る良い匂いはサラン王国からもしたぞ。それも一度確かめたい」

「まぁ。主様ったら」

少し怒ったようにチェルシーは言うが、それ以上は何も言わず、肩をすくめるだけであった。

「……主様がもしサラン王国自体もお望みならば、第一王子であるアシェル王子の体というのも良いかと考えております」

その言葉に、にやりと笑みを浮かべると黒い舌をぺろりと出して言った。

「ではその体、もらい受けに行くか」

いつの世も、この世に生きる人間という生き物は不安と共に歩んでいる。その不安は闇を呼びそして闇を信仰するようになる。

人間の中で異教徒と呼ばれ、蔑まれることとなっても、そうした者達はそれをやめない。

それを異形もまた好きにすればいいと考えている。崇め奉られることは普通の存在として生を得なかったことで受け入れている。

「ねぇ、主様。主様のお名前はなんていうの？　私、主様の事をお名前で呼びたいわ」

チェルシーの言葉に、その異形は目をギョロリと回転させて言った。

「カシュ……妙な名だが、昔そう呼ばれたこともあった」

誰が呼んだのかなど、その場にいた者は誰も聞かない。神のように崇め奉る神の正体が知りたいものなどいないからだ。

「カシュ様！　まぁ！　なんて素敵な名前かしら。ふふふ。見た目とは違い可愛らしい響きの名前ですね！　私はずっと一緒にお供していきますわ」

はるか昔に呼ばれたその名を、また人間に呼ばれるとは皮肉なものだと、カシュは笑みを深めた。

チェルシーはそんなカシュの傍らに寄り添いながら、今まで感じたことのない安心感を抱いていた。

ここでは裏切りを心配する必要はない。

自分を傷つけようとするものもいない。

初めて得た感覚に、チェルシーは息をつく。

「あぁ、世界に私とカシュ様二人きりならいいのに」

仄暗いその小さな呟きは、誰に届くわけでもなく木霊した。

たとえ異形であろうと、自分の心のよりどころとなる存在を、求めてしまう時はあるものだ。ただし、その異形なる闇の傍にいることで、自分が狂うであろうことなどは理解していない。

「人間とは愚かなもの」

カシュは、今はまだ人間としての人格を保つ異教徒達が頭を下げるのを、ぎょろりとした目で冷ややかに見つめていた。

◇◇◇

腕に出来た痣について、エターニア様にも尋ねてみたけれど、何かは分からないと告げられてしまった。ただ、体に害を及ぼすような邪悪なものではないだろうと言われたことで、私は少しほっとした。

「本当に帰るの？」

『あー。まだまだ遊びたいのに、人間ってどうしてすぐに帰りたがるのかしら』

ユグドラシル様は唇を尖らせてそういう。けれど、私達は突然王城から姿を消してしまっているので、出来るだけ早く帰らなければならないだろう。

「申し訳ありません。国に帰ってやることもありますので」

『エレノアの痣について調べないと。それに仕事がね……溜まっているはずだよ。結構ね……はぁぁ。チェルシー嬢についての一件も片付いてないしなぁ』

アシェル殿下の言葉にユグドラシル様は大きくため息をつくと、潤んだ瞳で私の方を見た。

「エレノアだけでももう少し遊んでいけば？」

『ここの方が安全よ？　人間の国に帰る必要ある？』

確かに人間の国よりも妖精の国の方が安全かもしれない。ここはそもそも自由に出入りできる場所にはないと聞くし、入りたいからとすぐには入れる場所ではないだろう。

妖精の国には、妖精が内側から道を開かなければ入れない。だから守りは完璧である。

しかし、妖精の国にはアシェル殿下はいない。

アシェル殿下のいる場所に、私は一緒にいたい。

「ありがとうございます。ですが私も国に帰らなければなりませんので」

そう伝えると、ユグドラシル様は大きく残念そうにため息をついた。

するとその様子に妖精達の心の声が煩くなった。

『ユグドラシルが、大人しくひきさがったぞ！』

『あの人間の美人さんはすごいわね！』

『ユグドラシルに言うことを聞かせるなんて、ただ者じゃないわ！』

そんな言葉に、私はユグドラシル様はどれほどこれまで問題を起こしてきたのだろうかと不思議に思った。

エターニア様が今度は私の前へと飛んでくると、私の額に手を当てて言った。

「ユグドラシルからキスを受けたと聞いている。これは妖精とエレノアとの友情の証でもある。もしも助けてほしければいつでも念じればいい」

『大切なユグドラシルの恩人だ。いつでも借りを返そう』

私はその言葉にうなずくと、エターニア様はユグドラシル様の横に移動した。

そしてユグドラシル様が指をぱちんと鳴らした瞬間にそこに光の扉が現れる。

「さぁ、王城へと繋がっているわ。また会える日を楽しみにしているわね！」

『暇になったらこっそり遊びに行けばいっか』

「また会える日を楽しみにしていますよ」

『私もたまには人間の国に遊びに行こうかしら。そろそろ女王の座もユグドラシルに譲ってもいいでしょうし』

二人とも心の中で私たちの元へと遊びに来ることを画策しており、私はそれに笑いそうになるのをぐっと堪えた。

最近、心の声を聴いて笑いそうになることが増えた気がする。

「またねー！」

『まぁ、すぐに遊びに行けばいっか！』

私とアシェル殿下は手を振り、それから光の扉をくぐった。

第五章　闇とチェルシー

その瞬間、陽だまりの中にいるような温かさに包まれ、気が付くと、元の場所へと帰っていた。

『殿下！　ぽん、きゅ、ぽーん！』

慌てた様子のハリー様はそう心の中で声をあげ、こちらへと向かってくるのが見えた。

「お二人ともご無事でなによりです！」

ハリー様は私達の様子を見てほっとした様子であり、こちらへと急いで走ってくると言った。

「本当に良かったです。国王陛下からは、妖精の国から招かれたと連絡があったとは聞いていたのですが、本当にご無事でよかったです」

目の下には隈が出来ており、アシェル殿下の仕事までおそらく出来ることはやってきたのだろう。

この一日でげっそりとした印象を受けた。

「とにかく、まずはゆっくりお休みください。はぁぁ。本当にご無事でなによりです」

ハリー様は安心したのだろう。すぐに侍女を呼び私は部屋へと一度下がることになった。

アシェル殿下はというと、ハリー様から大量の書類を手渡されていた。

「ゆっくりお休みくださいっていわなかったか？」

『えー。すごい量だな。まぁ、想像していたよりは少ない、けど。はぁぁ。ずっしり感がすごいよぉー！』

「はい。エレノア様はおやすみください。殿下、美味しいお菓子をご用意いたしますので、お茶を飲みながらゆっくりと書類の確認お願いいたします」

『仕事！　仕事！　仕事！』

よっぽど仕事が溜まっているのか、久しぶりにハリー様から愛称以外の声を聴いた。

アシェル殿下には甘くないハリー様だなと思いながらも、この一日頑張ったであろうハリー様に少し申し訳なく思うのであった。

そして、アシェル殿下はハリー様に私の腕に出来た痣について話をしてくれた。そして、魔術や呪い、痣について詳しい者達に連絡を取ってくださるという事になったのだった。

エレノアとアシェルが妖精の国へと招待された頃、ジークフリートの元には緊急で自国から手紙が届いていた。

その内容についてジークフリートは確認を取るためにアレスと共にサラン王国内部で調査を進めていたのだが、いよいよ現実的に厳しい局面へと差し掛かりつつあった。

もしこれが確実なものなのであれば、自国にとってかなりの問題となるであろう。

出来るだけ早急に事態の収拾をしなければならない。

ジークフリートの頭のすみでずっとエレノアは大丈夫だろうかという心配がよぎっていく。

サラン王国に滞在している中で、ジークフリートは王城の図書館をよく利用していた。図書館は知識を得ることのできる場所であり、サラン王国について詳しく勉強するにはもってこいの場所であった。

そんな時、エレノアが図書館によく足を運んでいることに気が付いた。

最初は偶然出会ったが、エレノアが図書館に来ると次第に目で追ってしまうようになった。

エレノアは楽しそうに本を選んでは、集中して楽しそうに読んでいた。

はっきり言って読んでいる本は簡単なものばかりではないし、そこまで楽しそうなタイトルではなさそうなのだが、エレノアはどの本を読んでいる時も、いつもよりも少し表情が緩んでいて、なんだかそれが可愛らしく感じられた。

『サラン王国の歴史と成り立ち』というチェスの駒よりも分厚い本を読んで微笑んでいる姿を見た時には正気の沙汰じゃないと思ったが、毎度毎度眺めていると、それすら微笑ましく思えた。

現在エレノアはアシェル殿下の婚約者という立場に立っているけれど、今後どうなるかはまだ分からないと考えている。

何故ならば彼女は人間ばかりか種族を超えて人を引き付けるからだ。

獣人、妖精、精霊。

彼女を大切に思う者達が増えてきていることに、胸がざわつく。

それを感じながらも、自分は何もすることが出来ないのだとジークフリートは大きくため息をついた。

今は目の前の件についてしっかりと向け解決しなければならない。

それなのに頭をよぎっていくその姿を思い出してはジークフリートはため息をつくのであった。

数日後、やっとアゼビア王国内での異教徒達の全容が見えてきたが、それは決して良い知らせではなかった。

「どうなさいますか？」

アレスからの問いかけにジークフリートは大きくため息をつき、ソファーへと一度腰を下ろすと、考え込むように手を組んで目を閉じた。

頭の中で様々なことを考えながら、ゆっくりと瞼を開けたジークフリートは、天井を見つめると小さな声で言った。

「一度国へ帰るぞ」

「了解いたしました」

そう答えてから、ジークフリートはソファーから立ち上がると、扉へと手をかけ外に出ようとするが、立ち止まった。

「……はぁ。だめだな。すぐに出立する。サラン王国の国王へは緊急事態の為挨拶も出来ずに申し訳ないと、また連絡をするとの旨を伝えろ。突然面会も出来ないだろうからな」

「かしこまりました」

仕方がないことだ。

そう思いながらも心の隅で、もうこの国には戻ってこられないかもしれないという考えがよぎる。

出立前に、最後に一目だけ。

ジークフリートの様子に、アレスは静かに言った。

「先ほどアシェル殿下とエレノア様が妖精の国より帰還されたとの報告を受けました。今であれば、エレノア様はまだ庭にいるのではないかと、思われます」

自分の気持ちを見透かしているかのようにそういうアレスをジークフリートは睨みつけるが、大きくため息をつくと立ち上がった。

「少し、外の空気を吸ってくる」

「かしこまりました」

何も聞かずにアレスは下がり、ジークフリートは部屋の外へ出た。

長い廊下を通り、外へと出ると遠目に大量の書類を手にしたハリーとアシェルの姿をジークフリートはとらえた。

そしてそこから反対側へと視線を向ければ、エレノアが侍女と共にアシェルを見送る姿があった。

侍女達はエレノアを取り囲み、心配するように声をかけていた。

『エレノア嬢……よかった。無事か』
少し離れた位置から、ジークフリート様の声が聞こえて、私はどうしたのだろうかと思っている

と、声が続いて聞こえた。

『はぁ。だが……仕方ない。一度アゼビアへと帰るしかないだろう。あれが蘇ったという兆候があり、その上、うちの国が関わっているかもしれないのだから』

その言葉に、私はあれというのが闇や悪魔と呼ばれる存在ではないかという点、そしてもしこれがゲームのアップデート後なのであれば、ジークフリートもまた、関わってくるだろうという事を考えた。

私は何か情報があるだろうかとジークフリート様の方へと視線を向けた。

『あ……やばい。なんだ、心臓が煩い』

その言葉に、私は図書館でのジークフリート様の様子とアレス様の声を思い出し、やはり近づくのはやめた方がいいだろうかと一歩下がる。

けれど、何かしらの情報があるのであれば、聞いておきたい。

『自然に、よし、自然にだ』

心の声に続いて、ジークフリート様がこちらに手をあげるのが見えた。

「こんにちは。心配していたのです。その、無事に帰って来られてよかった」

『あれ、僕は、エレノア嬢とどういう風にしゃべってた？　はぁ。こんな風になるなんて意味が分からない。大丈夫だ。僕はかっこいい。僕に話しかけられて嫌な思いなんてしないだろうから、自信を持て』

相変わらず自己肯定感が高いなと思いながら、私は歩み寄ってくるジークフリート様に頭を下げて会釈をした。

「ごきげんよう。ジークフリート様」

「あ、あぁ」

『くそ……可愛いな。あぁ。なんだこれ。可愛い』

私は頭の中で首をかしげざるを得ない。

私の感覚で言えば、突然なんだかキャラが変わったような印象を受ける。この前の舞踏会では散々私のことを可愛くないと言っていたのに、どうしたのであろうか。

それに以前までは、僕に惚れない女なんていないだろうくらいの勢いがあったけれどそれが薄れている。

「妖精の国に行っていたと聞いたけれど、大丈夫でしたか？」

『妖精の国か、はぁ。どうせならアゼビアに来たらいいのにな。妖精の国よりも好待遇で接待するのに』

アゼビアは豊かな美しい国だと聞く。太陽が燦燦と降り注ぐ大地は緑で溢れ、南国の植物たちが生い茂っているとか。

いつかアシェル殿下と一緒に行ってみたいなと思うけれど、今はそれを聞きたいわけではない。

「はい。妖精の国はとても賑やかで。突然の事で驚きましたが、無事に帰って来れてよかったです。あの、どうしてこちらに？　今からどこかへ行かれるのですか？」

そう尋ねると、ジークフリート様は言葉を一度飲み込むような仕草をした後言った。

「実は国に帰ることになりまして。突然の事で正式に挨拶も出来ないままなのですが、緊急を要しまして」

『はぁぁ。竜の国を亡ぼしたナナシの協力者がアゼビアにいるだなんてこと、知られたらまずいな』

衝撃的な事実に私は動揺を顔に出さないようにしながら尋ねた。

「緊急、ですか。何か問題が起こったのですか?」

「いえ、とりあえずは状況把握の為に帰るだけですから」

『確かサラン王国には宰相の妹が嫁いでいるな。はぁぁ。そちらも調べたいところだが、どうしたものかな』

私は頭の中でアゼビアの宰相様の名前を思い出し、それから妹という話から背筋がぞわりとするのを感じた。

アゼビアの宰相オレディン・ノーマン様の妹と言えば、ミシェリーナ夫人ではないか。

背筋が寒くなっていくのを感じながら、動揺を見せないようにしていた時であった。

「エレノア!」

『ジークフリート殿……むぅ。エレノアが可愛いのは仕方ないけどさ、分かってはいるけれど、あまり人の婚約者に馴れ馴れしくしないでほしい』

「え?」

振り返ると、ハリー様と仕事に戻ったはずのアシェル殿下がこちらに向かってくるのが見えた。

何か急いでいる様子であり、手には書類の束が握られていた。

「すみません。エレノア。ジークフリート殿と話があるので席を外してもらえますか？」

『緊急で話があって……あぁ。だめだ。ジークフリート殿と話をしているのを見たら、なんか嫌だ。……かっこ悪い』

アシェル殿下の声に、私はどきりとした。

じっと見つめると、アシェル殿下は視線を少し逸らした。

「アシェル殿下？」

私が手を取って視線を合わせようとすると、アシェル殿下は、私をちらりと見て、小さく息をついた。

『……大人の余裕が欲しい。はぁ。僕はまだまだ、子どもだな……ごめん。ちょっとやきもちやきました』

正直にそう心の中で呟くと、私の方をちらりと見てくるアシェル殿下に、私は胸の中が締め付けられるような思いであった。

可愛いと思ってしまう自分は、相当にアシェル殿下にほれ込んでいるのだと思う。

「わ、わかりました」

「すみません」

そう言ってアシェル殿下は何事もなかったかのように装っているけれど、心の中では子犬が項垂れるような思いがだだ洩れていた。

そんな様子すら可愛らしいと感じてしまう。

やきもち。私もアシェル殿下が他の女性と話をしていたらやいてしまう自信がある。アシェル殿下はジークフリート様の方へと向き直る。

二人は一体何を話すのだろうかと気になるけれど、ハリー様の声が聞こえた。

『ぼん、きゅ、ぼーん』

「エレノア様。申し訳ございませんが、一度移動をお願いいたします」

ハリー様の言葉に私は頷いた時、ジークフリート様が心の中で呟いた。

『アシェル殿……。あぁ。もう情報を掴んだのか。あぁ。せっかくエレノア嬢と話が出来たのに。もっと話がしたい……だめだよな。目に焼き付けておこう。貴方の美しいその姿を』

普通の令嬢であればそんなことを思われれば、嬉しく思うのだろうか。

それを怖いと思ってしまう私は、普通とは違うのだろうか。

ジークフリート様が悪いわけではないのに、心の声が聞こえるから悪くもない人を怖がってしまう。以前まで声が聞こえることが嫌だと思うことばかりだった。でもアシェル殿下に出会ってからそれが変わった。

けれど先ほどからアシェル殿下の心の声が全く聞こえなくなった。おそらく、意図的にアシェル殿下が心の声を聞こえないようにしているのだと思う。

今回の一件はそれほどまでに機密事項なのだろう。

緊急性や機密性の高い事項については心の声で聞こえないようにすることもあると以前話を聞いたことがあった。

恐らく今がその時なのだろう。心の声を意図的に聞こえなくすることが可能なのだろうかと思っていたけれど、アシェル殿下は何度か練習を重ねて、心の中で数を数えたり、意識して空白をイメージするると考えずにすむと言っていた。

アシェル殿下が笑顔で言った。

「エレノア。また後程話をしますね」

これは、現状では話すことが出来ないという意味だろう。

けれどここまでアシェル殿下が心の声を閉ざすことは初めてで、私はこういうこともあるだろうとは覚悟していたけれど、言いようのない不安を覚えた。

聞こえない、ということがこんなに不安になるだなんて思ってもみなかった。

私はハリー様に促されて移動し、あの後二人がどうなったのかは分からない。

ただ、問題が起こったのは間違いがなく、それをアシェル殿下が私に聞かせない為に、心で考えないようにしていることは分かった。

ジークフリート様が心の中で考えていたことについては、アシェル殿下に手紙を書き、それで伝えることにした。手紙をしたためてハリー様に届けてもらうと、すぐに一言、それに対して調べてみるという返事があった。ジークフリート様とはいったい何の話をしているのだろうかという疑問を抱くけれど機密な以上、私が口をはさむことは憚られた。

その後、私は入浴を済ませて軽食を食べた後、侍女に下がってもらい、私は部屋の中で一人小さくため息をついた。

「……聞こえないことがこんなに不安なんて思ってもみなかった」

アシェル殿下にはきっと考えがあっての事。それは分かっているのだけれど、入浴中も食事中も、そればかりが頭の中でぐるぐると回ってしまった。

不安な気持ちばかりが膨らんで、早くアシェル殿下と話をして、この不安を払しょくしてほしいと思ってしまう。

そう考えていたのだけれど、その後アシェル殿下に会える機会はなく、時間だけが過ぎていった。

腕の痣については普通の医者や呪術に詳しい者に見てもらったが結局何か分からずじまいであり、様子を見ていくしかないだろうと言われた。

そしてアシェル殿下はと言えば、どうやら何か問題に対処しているらしく、結局会えない日々が続いた。

季節が少しずつ進み、窓の外を見れば木々の葉は落ち、そして風も冷たくなってきた。

暖炉に火が入れられるようになり、私は部屋の中で本を開きながらため息をついた。

あれからジークフリート殿下はアゼビア王国へと帰ったことを聞いた。アシェル殿下も関わっているようでジークフリート様と手紙のやり取りがある事を侍女を通して知った。

アシェル殿下の事を他人越しに知ることは、あまり喜ばしいことではなかった。

「はぁ……アシェル殿下に会いたい」

つい願望が口から洩れてしまう。

私はこのままうじうじと悩んでいても気分は変わらないと、気分転換もかねて図書館へと行くことにした。

私は侍女を連れて部屋を出ると、図書館へと足を踏み入れた。

図書館につくと本の匂いを胸いっぱいに吸って、今日はどんな本を読もうかと考えた時であった。

「エレノア嬢？」

『まさか……』

「え？」

顔をあげると、図書館の階段を上がった二階に、ノア様が立っていた。

偶然こんなところで出会うなんてと思いながら、久しぶりに見るノア様はどこか雰囲気が穏やかになっているように感じた。

そして、一人のご婦人がノア様の横に立っていることに気が付いた。

ほっそりとした体形で、美しく束ねられた髪の毛。切れ長の瞳が私の事をとらえた。

「お久しぶりでございます。ミシェリーナ夫人」

私がそう声を掛けると、ミシェリーナ夫人は笑みを浮かべて、優しげな声で返事を返してくれた。

「ごきげんよう。エレノア様。お久しぶりですね。図書館にはよくいらっしゃるのですか？」

『うふふ。ノア様が嬉しそうねぇ。ふふふ』

嬉しそうだろうか？　表情なども変わらず、あまり嬉しそうな様子は見られなかった。

ただ、私は以前ジークフリート殿下が言っていた言葉が脳裏をよぎり、ミシェリーナ夫人は関わっているのだろうかと、疑ってしまう。

「はい。今日は、ノア様も一緒に？　何かあったのですか？」

「えぇ。ちょっと、私の母国であるアゼビアで色々あったようでして、アシェル殿下にお目通りを願っているのですが、少し時間があるのでせっかくですからノア様にもこの図書館を紹介しておこうと思いまして」

『ノア様は本を読むのが好きなようですからね』

アシェル殿下と話があるということは、もしかしたらアシェル殿下はアゼビアでのことを把握し、ミシェリーナ夫人に確認しようとしているのかもしれない。

まるで実の息子を相手にするような視線をミシェリーナ夫人はノア様に向けており、ノア様も優し気な表情でミシェリーナ夫人を見つめていた。

よかった。

以前はどこかとげとげしかったノア様の雰囲気が、ミシェリーナ夫人のおかげだろう。かなり柔らかくなっているように感じた。

「そうだ。エレノア様。よければノア様の案内をお願いできませんか？　私よりも、エレノア様の方がお詳しいでしょう？」

『ノア様、喜ぶかしら』

どういう意味だろうかと思いながらも、私はすぐに了承した。

「もちろんですわ。ノア様、どのような種類の本がお好みですか？」

この図書館の本のことならば、司書の方同様に詳しくなってきたと自負している。

役に立てるのであれば、喜んで紹介したい。

私がそう意気込んでいると、ノア様は困ったような視線をミシェリーナ夫人に向けるが、ミシェリーナ夫人は楽しげに笑っているだけだ。

「では、よろしく頼む。実は……アゼビア王国についての本を探しているんだ」

『ミシェリーナ夫人……変な気は回さないでほしい』

変な気とは何のことだろうかと思いつつ、アゼビア王国の本であれば、奥の棚にまとめられているはずだと私は視線をそちらへと向けた。

私も読んだことのある本もあるので、それも紹介してみようと私は思ったのであった。

ノア様は相当な読書家のようで、私が紹介した本も読んだことのあるものが多かった。けれど王城にしか置いてない本もあるのでそちらは興味深そうにしていた。

私は内容をかいつまんで話すと、ノア様は頷きながらその内容に関して質問を投げかけてくる。

そのやり取りは楽しく、読んだ本に共感できる相手がいるというのはいいものだなと私は思った。

まるで友達のようだ。

私は楽しくなって、おすすめの本を積み上げてはノア様と話をし、そしてノア様からもおすすめの本を教えてもらった。

「ノア様ありがとうございます。おすすめするつもりが、おすすめしてもらってしまって」

「いや。俺もこうして本の話が出来て嬉しかった。こうやって話せる相手はいなかったからな」

『懐かしいな。かつては友と語らったこともあったが……』

ノア様の寂しそうな笑顔に、私は意を決すると言った。

「あ、あの」

「なんだ」

『？　なんだ？　そんな、瞳で……なんで見つめてくる？』

「お友達に、なりませんか？」

「ん？」

『友達？　友？……友、か』

だめだろうかと考えていると、ノア様は私の頭を大きな手で優しくぽんと撫でた。

「もちろんだ。エレノア嬢」

『そうだな。友になれるならば、光栄なことだ』

その言葉に私は、嬉しく思った。

こうやって読んだ本に共感してくれる友達がいることは今までになかったことで、ついはしゃいでしまう。友達がまた増えたことが嬉しくて、子どものように心の中ではしゃいでしまう。友人というものに憧れをこれまで抱いてきたからこそ、喜びはひとしおであった。

「嬉しいです。あの、私、こうやって話せる友達がいたことなくて、だからノア様と話せてとても楽しいんです」

そう伝えると、ノア様も笑ってくれた。

「あぁ。俺も嬉しい」

『友達か。なんとも、くすぐったくなるな』

私達はしばらくの間、本について語らい、そしてその後、ミシェリーナ夫人とノア様は別室に呼ばれた。

「今日はありがとうございました」

ノア様はまた私の頭を優しくぽんっと撫でた。

「あぁ。こちらこそありがとう」

『友達でいい。友達ならば、いつでもエレノア嬢の助けになれる。アシェル王子とエレノア嬢を祝福する立場に、俺はいたい』

私は優しいノア様の言葉と、友達が出来たという事に、少し浮かれてしまっていた。

この時の言葉が、後にノア様を苦しめるなんて、その時の私は思ってもみなかった。


アシェル殿下と話が出来ないまま、私は悶々と過ごしていたのだけれど、あまりにも会えないものだから、私は思い悩む日が増えてしまった。

妃教育については順調に進んでおり、問題ないのだけれど、ふと気が付けばアシェル殿下について考えているのだ。

私は侍女に一人にしてほしいと、日傘をさして庭を歩いていた。

季節は冬の一歩手前。

庭も寂しくはなっているものの、それでも美しく整えられていた。

「あれ？　エレノアお義姉様？」

『ありゃ？　一人でどうしたんだ？』

振り返るとそこにいたのはルーベルト殿下であり、こちらに向かって手を振りながら駆けてくるのが見えた。

「お義姉様！　偶然ですね！　会えて嬉しいです！」

『お⁉　今ならぎゅーってハグしても怒られなさそう！』

私は困った子だなと思いながらも、アシェル殿下にそっくりな可愛らしい容姿に、両手を広げられれば、受け止めてあげたいと思ってしまう。

まだ子どもであるしいいかと、私は駆けてきたルーベルト殿下を抱きとめた。

「へ」

『え？　うそ。え？　ほ、本当にぎゅってしてくれてる⁉』

日傘が落ちて、風に飛ばされた。

心の中で照れ始めたルーベルト殿下に、やはりアシェル殿下と同じ血が流れているのだなと似ている部分を見つけて笑ってしまった。

「ふふ。ルーベルト殿下はアシェル殿下によく似てらっしゃいますね」

早くアシェル殿下に会いたい。どうして会えないのだろうか。もしかして避けられているのだろうか。

「え？　へ？　えっと、あ、うん」

『ぎゅって、え？　ああああ。やばい。恥ずかしい。だめだ。これ。わぁぁぁぁ』

可愛らしい心の声に、やはりまだまだ子どもなのだなと思いながら頭を撫でた。

「え、エレノアお義姉様……その、恥ずかしくなってきました。あの、何かあったのですか？」

『幸せだけど、恥ずかしい……それにしても、寂しそうだけど、兄上と何かあったのかな？』

「すみません。ついルーベルト殿下がアシェル殿下にそっくりで可愛らしくって」

するとルーベルト殿下は頬を膨らませた。

「僕は兄上ではありませんよ？　まぁ、役得ではありますけどね」

『あー。なるほどなぁ……兄上、今忙しそうだから。けど、婚約者に寂しい思いをさせちゃだめだよねぇ。うん！　よーし、なら僕が思いっきり甘えよう』

私は弟って可愛いのだなぁと思いながら、思わずまた頭を撫でまわしてしまった時であった。

「ルーぅぅぅ！」

『こらぁぁぁぁぁぁ！』

「あ」

『やばぁぁ！　いや、これは、だって、あぁぁぁぁぁ』

王城の建物の方からすごい勢いでアシェル殿下が走ってくるのが見えて、私は思わずぱっと顔を明るくした。

久しぶりに会えたのが嬉しくて、ただ、どこか心の中に不安もあった。

「アシェル殿下！」

私はルーベルト殿下から離れると、アシェル殿下の胸に飛び込んだ。

「え？」

『エレノア⁉』

はしたないかもしれないけれど、本当に久しぶりで、会えたことが本当に嬉しかった。

私はぎゅっと抱き着きそれから顔をあげるとアシェル殿下に言った。

「お仕事、忙しいのは分かっているのですが、寂しかったです」

心の声を私はいつも聞いている分、自分の気持ちも素直にアシェル殿下に伝えようと思っていた。

だから素直に伝えたのだけれど、アシェル殿下はそう告げた瞬間に自分の両手で顔を覆って天を仰いだ。

「う……」

『可愛い。だめだ。堪えられない。可愛すぎる！』

アシェル殿下の心の声が聞こえたことに私はほっとしながら、ぎゅっとアシェル殿下を抱きしめた。

こうやって肌が触れると分かる。

私は、寂しかったのだ。本当に。

「エレノア、すみません。私も寂しかったです。本当は会いたかったし、話したかったです。ですが、緊急の機密案件があって、すみません」

『僕だって、エレノアに会いたかったよ！　エレノア不足は深刻でどうにか会いに行けないかと画策したけれど、その度にハリーに先回りされて書類突き付けられて、泣く泣く頑張っていたよ‼

寂しい思いをさせてごめん……』

アシェル殿下もぎゅっと抱きしめ返してくれて、心の中にあった不安が溶けていくようであった。

そう思っていた時、ゆっくりとルーベルト殿下がその場から去っていこうとしていることに気が付いた。

『何、逃げようとしているのかな？』

「ルーベルト」

「は、はい！」

『わぁぁ。兄上。嫉妬深い男は嫌われるぞぉ？』

私は心の中のその二人のやり取りに笑ってしまった。

ルーベルト殿下はにっこりと笑うと言った。

「だって二人でいちゃこらしたいんでしょう？　僕はお邪魔でしょう？」

『僕はお義姉様にぎゅってしてもらえたから満足！』

私はその言葉に恥ずかしくなってアシェル殿下から離れようとしたけれど、ぎゅっとアシェル殿下に抱きしめられ、離れることが出来なかった。

「後で話をしよう。楽しみにしているといい、あ、そういえばリーゼ嬢が会いに来ていたようだけど、大丈夫かい？　今日は会う約束をしていたのだろう？」

『ふふふ。エレノアに抱き着くの、狙っていたの気づいているんだからね！　はぁ。まぁエレノアが嫌がっていないなら、我慢するけれどさ。それにしても、リーゼ嬢か。ルーベルトはどうするつもりなのかなぁ』

私はリーゼ様の名前が出たことに、はっとした。

先ほどルーベルト殿下を弟だと思って抱きしめて撫でまわしてしまったけれど、リーゼ嬢はそうしたことは嫌だと感じるかもしれない。いや、絶対に嫌なはずだ。私だったら、アシェル殿下にリーゼ嬢が抱きつくことを想像するだけでやきもちを焼いてしまう。

私は何故そんな初歩的なことを忘れていたのだろうかと自己嫌悪しながら、今後は絶対にしないと心に決めた。

「え⁉ 約束の時間よりかなり早いのに！ 兄上ありがとうございます！ お義姉様、兄上にたくさん甘えるといいですよ！ では！」

『大変だ！ リーゼはなんだかエレノアお義姉様に憧れと対抗心を抱いているから、会っていたことがばれると機嫌が悪くなるぞ！』

急いで走っていくルーベルト殿下の心の中は、リーゼ嬢でいっぱいになっており、私は嬉しくなった。

リーゼ嬢は気にしていたようだったけれど、あの様子だと、ルーベルト殿下はリーゼ嬢のことを大切に思っているのだろう。

なんだか微笑ましくなって、今度リーゼ様とお茶会をした時には、お互いに恋愛の話もしてみたいなと、思った。

そして私は視線をアシェル殿下へと移すと、幸せだなと感じた。

久しぶりに聞こえるアシェル殿下の心の声がとても心地よくて、私はアシェル殿下が手を離さないことをいいことに、そのままぎゅっと引っ付いていた。

本当はもっと引っ付いていたい。

ちょっとだけでいいから、このまま甘えてもいいだろうか。

アシェル殿下はそれを見送ると小さく息をついてから、私の方に向き直ると言った。

「突然、すみません。やっと仕事が一段落ついて、それで……エレノアに会いたくって来てしまいました」

『機密については……詳しく話せないけどごめんね』

「お忙しいのは分かっています」

ぎゅーっともう一度抱き着いてしまう。

こうやってぎゅっとしておけば、アシェル殿下の温かさが伝わってきて、すごく幸せな気持ちになれる。

不思議だけれど、今まで感じていた不安が一瞬で消えていく。

『っく……可愛い』

アシェル殿下はもう一度ぎゅっと抱きしめてくれて、幸せな気持ちになった。

私とアシェル殿下はガゼボへと移動すると、侍女にお茶を入れてもらい、久しぶりに一緒に過ごす。

アゼビアについて私が手紙で知らせた事についてはかなり問題視され、さらにアゼビアにて現在異教徒が大々的に撲滅に向けて粛清されていっているのだという。

異教徒の信仰しているものは闇や悪魔であり、アシェル殿下は難しい顔を浮かべると言った。

「エレノア。おそらく妖精達が話していた例の存在の事だと思います」

『アゼビアは現在異教徒狩りが行われるほどに荒れていてね、実のところ、凄惨な内容も多かったから、出来るだけエレノアには心の声が聞こえないように気を付けていたんだ』

その言葉に、私はそういう事があったのかと思っていると、アシェル殿下は私の手を取り言った。

「これからしばらく大変なことが起こるかもしれません」

『エレノア。もしかしたら、他人からの声に、驚いたり怖い思いをしたりすることがあるかも。ごめんね……僕だけでも心の声を聞こえないようにしないとと思ったんだけど……今回のアゼビアの情報については、いずれ君の耳にも届くと思うから……』

私の為だったのか。

確かに、宗教とは恐ろしい物も中にはあり、異教徒は残忍なことをしていたり、内容が女性の前では話せないようなものもあるだろう。

私は、アシェル殿下の手を握り返すと、少し考えてから口を開いた。

「アシェル殿下……」

「なんだい？」

『エレノア？』

「私、アシェル殿下と会えなくて、寂しかったです。それに……聞こえないことがこんなにも不安なのだと、初めて気づきました」

「え？」

これまでは聞こえることが怖かった。

外面と内面とがあまりに人間は違いすぎて、どれほど良い人そうに見えても心の中は全く違うということもよくあった。

そして人から押し付けられる自分への印象。それは、まるで自分が自分ではないかのように錯覚させられた。

外見だけを見て、性格が悪そうだとか見た目で判断される。そして、男性を惹きつける悪女だというレッテルを貼られた。

男性から言い寄られることは日常茶飯事で、陰湿な嫌がらせやストーカーのような付きまとい行為もあった。そうした時の男性の心の声は恐怖でしかなかった。

そして何より、普通とは違うことが怖かった。

自分は普通ではないのだ。他人は普通心の声が聞こえることもなく、もしも聞こえているとばれてしまえば自分は変人扱いされるのだ。

そう疑心暗鬼になり、異端と思われることが怖かった。

けれど、アシェル殿下はそんな私の不安と恐怖を、温かな優しさで包んでくれた。

変人扱いすることもなく、私自身の個性として受け止めてくれた。

ただ、私の一部として心の声が聞こえるということを受け入れてくれたのだ。

それがどれほど私の心を救ってくれたのか、私は、アシェル殿下の心の声が聞こえなくなって初めて気づいた。

アシェル殿下に出会えたおかげで、私自身も、心の声が聞こえることを一つの個性として受け入れられたのだ。

悪いことではない。

聞こえるのだから、仕方がない。

私の中にあった罪悪感を、アシェル殿下は一蹴してくれた。

「どんなに恐ろしい内容でも、アシェル殿下の声を聴きたいです。聞こえないのは……怖いことだと知りました。私はアシェル殿下の声を聴いていたいんです……」

アシェル殿下の声ならば、私はどのような声でも聴きたいと思ってしまっている。

「エレノア……不安にさせたのですね。すみません」

『ずっと不安にさせてごめんね。緊急性が低ければよかったのだけれど、すぐに対処しなければならないことが多かったから、本当にごめんね』

私は頷きながらも、アシェル殿下の心の声が心地よくて、ずっと聞いていたいなと思った。

けれど、そんな平穏が続くことはなかった。

次の瞬間、目の前が真っ白になった。

空から爆発音のような破裂音が響いたかと思うと、突然バケツをひっくり返したような雨が降り始め、次の瞬間雷が近くの大木に落ちた。

「きゃっ！」

「なんだ⁉」

アシェル殿下は私の肩を抱き、落ちた雷によって燃える木を見つめた。

ばりばりばりっという音が空気を震わせ、そして目の前の炎の中から黒々とした異形の物が姿を現した。

「なに？」

「まさか……」

心臓が煩くなると同時に、手首につけられた薔薇の痣が熱を帯びたように痛みが増していくのを感じた。

結局あれ以来原因も、問題も見られなかったそれが、今になって痛みを発する。

突然の事に、私が動揺していると、聞き覚えのある甲高い声が響いた。

「うふふ！　おひさしぶり～」

黒い異形の横に、チェルシー様が蝙蝠のような翼を広げて、現れたのである。

まるで可憐な天使のようなその風貌が、異形の横に並ぶとより一層不気味であった。

「チェルシー様……」

両手首を押さえる私に、チェルシー様はウィンクをした後に、口元に、しーっと指を立てた。

意味が分からずにいると、異形はあたりを見回したのちに口を開いた。

「アシェルはどこだ」

口がねぱっとよだれを引いて、そしてぎょろりとした目がアシェル殿下をとらえる。

「あぁ。お前だな。なるほど、器にはよさそうだ」

「そうですねぇ。カシュ様ぁ」

頭の中に、ユグドラシル様やエターニア様から聞いていた闇や悪魔と呼ばれる存在が目覚めたという話がよぎっていく。

これが？

背中がぞわりとすると同時に、腕に刻まれた痣がずきずきと痛む。この痛みは一体何のためなのだろうか。

その時、カシュと呼ばれた闇が鼻を鳴らした。

「ん？……微かに、匂いが」

そう言った瞬間、慌てたようにチェルシー様がカシュの前へと移動すると、言った。

「どういたしますか？　アシェル殿下にいたしますかぁ？」

一体何の話だろうかと思った時であった。騎士団の者達が駆け付け、カシュを取り囲むようにして剣を向ける。

私とアシェル殿下の元にハリー様が駆け寄ってくると言った。

「避難を！」

『殿下！　ぼん、きゅ、ぼーん！』

「無駄だ」

まるで黒い霧のように、辺りが真っ暗になる。

巨大な闇に飲み込まれたかのように王城一帯が包み込まれ、騎士達はカシュに向かって剣をかざすが、次々に、カシュのねっとりとした四肢に吹き飛ばされていく。

「エレノア！　避難をするよ！」

『これは⁉　くっ。外からの侵入を防ごうにも、強大な力の前には無理がある！　っく』

人間は弱い。

獣人、妖精、精霊、竜人、様々な生き物のいるこの世界において、人間という生き物は本当に弱い。

これまでだって何度も王城への侵入を許している。

では、何故これまで生き残って来れたのか。それは、人間が知恵を絞り、他の種族との調和を求め、親交を深め、友好状態を築いてきたからだ。

そして、未知なる脅威に対して、常に警戒心を深め、自己防衛方法を身に付けてきたからだ。

人間の中には争いを好む者もいる。けれど、この世界において戦争というものは人間にとって自殺行為に他ならない。

自衛こそが、この世界を生き残るための技なのだ。

「ふはははは！　その体もらい受けるぞ！」

カシュが大きく口を開いた。そしてアシェル殿下に向かって大きな口を開けた。

私はアシェル殿下を見た。

アシェル殿下は大丈夫だと言うように私の肩をぐっと抱いた。

その時であった。

「ぐぇぇぇぇぇぇっぇぇぇっぇぇぇ」

悲鳴のような声が響き渡ったかと思うと、カシュの体が光に包まれ始めた。

「怯むな！　こちらも対抗策は講じてある！」

サラン王国が他国と友好的に国をつなげそして人間の王国として豊かに暮らしているのは何かが起こった時、また起こった後、対策を常に繰り返してきたからである。

地面から魔法陣のようなものが浮かび上がり、騎士達の剣も輝きだす。以前敵の侵入を許してしまった。それによって王城内部が安全でないと国王陛下は危惧し、最重要事項として敵を侵入させない、または侵入させたとしてもすぐに対応できるようにと魔術師を配置したとは聞いていた。

アシェル殿下はそれを指揮している。

「騎士達は逃さないように包囲！　ハリー！　エレノアを頼む！」

「はい！」

アシェル殿下の腕輪が輝き、カシュが光に包まれて苦しそうにもがく。

「第一王子アシェルの名の下により、悪しき存在を捕縛せよ！」

そう声をあげた瞬間、腕輪に呼応するように王城の五つの塔からも光が集まり、そしてカシュを押さえつけていく。

私はハリー様に庇われていたのだけれど、腕の痛みが増していくのを感じた。

この痛みは一体何なのだろうか。

「エレノア様大丈夫です。私とアシェル殿下でこんな時の為に用意したとっておきの装置ですから！」

『すとん！　ヘドロ！』

こんな時ですら、ハリー様はあだ名をつけるのを怠らない。けれど今はそれどころではなく、私は騎士達に指示するアシェル殿下を見つめた。

けれどぎゅっと締め付けるように手首が痛み、一体なんだろうかと手首を見ると薄かった痣が黒くなり、そしてそれははっきりと浮かび上がっていた。

「これは……」

その時であった。先ほどまでカシュの傍にいたチェルシー様が黒い翼を広げて光をかいくぐり私の方へと飛んできた。

アシェル殿下や他の騎士達はそれにすぐに対抗するけれど、それをチェルシー様はかいくぐり、ハリー様の目の前まできた。

「ごめんねハリー」

チェルシー様はそういってウィンクすると、ハリー様を翼で吹き飛ばし、私の目の前に来た。

「チェルシー様……」

楽しそうにチェルシー様は笑う。

可憐な少女であり、着ているスカートはふんわりと浮いて、まるでちょっと遊びに来たとでも言うような様子である。

「うふふふ。エレノア。さぁ、始まったわ」

「え？」

「アップデートのお時間よ。うふふ。今回は、闇の力を手に入れた私対エレノア。立ち位置は変わったけれど、やることは変わらないわ！　ねぇ！　さぁ！　私に攻略対象者達を奪われないように好感度を上げてイベントをクリアしていくことね！　あはははは！　さてさて、そろそろそれももらおうかしら！」

そう言ってチェルシー様は私の腕を掴むと、黒い薔薇が浮かび上がった部分に自分の手を重ねた。

すると痛みは消え、手首の薔薇の痣も消える。

その代わり、チェルシー様の腕へと薔薇の痣は移っていた。

「これは……」

私がチェルシー様を見上げると、チェルシー様はにっこりと笑った。

「やっぱり、貴方、アップデート後知らないのね」

「知らないわ！　ねぇチェルシー様。一体何がどうなっているの⁉」

声を荒げると、チェルシー様は天使のような可愛らしい微笑みを浮かべて言った。

「大丈夫よ。うふふふ。じゃあ、頑張って、略奪ハーレムゲームのスタートよ！」

楽しそうにそう言ったチェルシー様はカシュの所へと飛んでいくと、自身の黒い翼をはためかせ、そして次の瞬間、カシュの体を掴むと、そのまま空へと一瞬で飛んで行ってしまった。

騎士達はその行方を追うために馬に跨り追っていく。

アシェル殿下は指示を出した後に私の方へと駆けてきた。

「エレノア大丈夫かい？　あれ？　ハリーは？」

『大丈夫？　ハリーは……？』

「は、ハリー様は、吹き飛ばされてしまって」

「殿下……私ならば、ここに……」

『眼鏡……眼鏡……』

よろよろと植木に飛ばされたハリー様は眼鏡を頭の上へと乗せてこちらにふらふらと帰ってくる。

足取りはよたよたとしており、どうやら背中を打ったのか擦っている。

前から思っていたけれど、ハリー様はあまり戦闘となると戦力にはなりえない様子である。それなのに、私を守ろうと前へと出てくれたのだから、とても勇気のある人だ。

私の為に怪我をさせてしまったことが申し訳なくて、私はハリー様に歩み寄った。

「ハリー様、大丈夫ですか？　すみません……私、何もできず……」

そう伝えると、ハリー様は眼鏡は頭の上だというのに、目元でくいっとしてみせてからうっすらと微笑みを浮かべた。

「大丈夫です。殿下の最愛の方をお守りしたかったのですが、守り切れず申し訳ありません」

『眼鏡……眼鏡』

「そんなことありません。守ってくださいました。ありがとうございます」

「眼鏡が見当たらないので、見えないのですが……ご無事な様子で安心しました」

『眼鏡……眼鏡』

私は頭の上に眼鏡を乗せながら心の中で眼鏡を探すハリー様に、緊張の糸が切れ、ふっと噴き出すように笑ってしまった。

それにアシェル殿下もつられて笑い、私達はしばらくの間、先ほどの恐怖を忘れて笑った。

「あの、笑っているところ申し訳ありませんが、僕の眼鏡ご存じありませんか？」

その言葉に、私とアシェル殿下はまた笑ってしまった。

第六章　王国を守りて

前回の反省を生かし王城内部に、他の国々からの攻撃があった時に備えて王城の各塔に魔術を配備したと、後にアシェル殿下から話を聞いた。

詳しくは教えられないけれどと前置きされてから、こちらに攻撃をしかけてくる意思をもった者の不法な侵入を防ぐための装置ということであった。

私は魔術というものに詳しくはなかったけれど、魔術と錬金術は他国と渡り合っていく上で人間にとっては必要なものであると書籍に書かれていたことは知っている。

私達はハリー様の眼鏡事件で大笑いした後、場所を移動した。

アシェル殿下とハリー様は今回の事を重要事項ととらえ国王陛下と話をするために私とは別れた。

私は部屋の中で待機するように伝えられ、待っていると、外から呼ばれた気がして窓を開けテラスへと出た。

風が冷たい。

風になびく髪を耳にかけ、顔をあげると、テラスの淵にエル様が座ってこちらを見つめていた。

「エル様」

「あれが来たか」

『無事でよかった……それにしても、おかしい。何故あれはエレノアに気付かなかった？』

その言葉に、私はどういう意味だろうかとエル様に歩み寄ると、エル様がスンと小さく鼻を鳴らした。

なんだろうかと思っていると、エル様が私の髪の毛に触れ、そして一房取るとそれに鼻を近づけた。

「えっと、あの、何か匂いますか？」

臭いのかと思わずすぐにお風呂を準備してもらった方がいいだろうかと考えていると、エル様は驚いたように顔をあげた。

「違う。匂いがしない。どうしてだ」

『おかしい。あれほどの香りがどうして？』

一体何のことだろうかと思っていると、部屋がノックされて、そこへアシェル殿下が現れた。

そして、私とエル様を見た瞬間にすごい足の速さでこちらまで歩いてきた。

「精霊様。エレノアの所にどうして来られたのですか？」

『エレノア。近いよー。いや、うん。精霊様だから、さ、分かるけど……やっぱりこう、ちょっと近すぎる、と、思う』

その言葉に私は小首をかしげながらも、確かに距離が近かったかと一歩離れると、アシェル殿下に手を引かれ、腕の中へと抱き込まれた。

エル様はその様子など気にしていない様子で首をかしげると、鼻をまたスンスンとならして、私の手を取った。

「ここ、どうした」

『これは？』

そこはチェルシー様につけられた黒い薔薇の痣があった場所であった。

エル様は私の手を取ってじっとそれを見つめると、顔をあげた。

「ここ、何かあっただろう」

その言葉に私はちらりとアシェル殿下を見上げてからうなずいた。

「はい。実はチェルシー様に、よくわからないのですが薔薇の痣のようなものをつけられたのです。ですが、先ほどチェルシー様に腕を握られたかと思うと、痣がチェルシー様へと移ったのです」

エル様は眉間にしわを寄せた後に首をひねる。

「どういうことだ。あの臭い女の意図は分かりかねるが、一時的にだろうがエレノアから香っていた良い匂いが消えている」

『薔薇の痣、恐らく魔術か何かだろう。それによってエレノアの香りが抜き取られている』

その言葉に私は驚き、手首をもう一度見た。

「匂いを、奪われたという事ですか？」

エル様は頷きながらも、納得がいかないような表情を浮かべる。

アシェル殿下も口を開いた。

「あの、エレノアに何か害があるわけでは、ありませんよね？」

『大丈夫だよね？　何も、悪いこと、ないよね？』

不安な様子のアシェル殿下に、エル様は頷き返した。

「あぁ。匂いが消えただけだからな。少しすれば元に戻るだろう」

『理由は分からんが、あれに狙われる可能性もあるからな。ない方が今は良い』

私はその言葉に、チェルシー様は分かっていて私から匂いを抜き取ったのだろうかと考える。

「とにかくエレノア。あれに気をつけよ。アシェル王子。エレノアを頼んだぞ」

『しっかりと守れ』

「はい。もちろんです」

『王城内は対策をしてある。絶対にエレノアは守ってみせる』

私はアシェル殿下は次の一手まで考えていてすごいなと思いつつ、自分もまけないようにしなければと気合を入れる。

エル様はそんな私とアシェル殿下を見て、優しく微笑んだ。

「エレノアの唯一は、嫉妬深いな。まぁ、それくらいの方がいい。ではな」

『精霊にも嫉妬するとは。ふふふ。エレノアも愛されているな』

私はその言葉に顔が熱くなる。

エル様はその後手をひらひらと振りながら姿を消した。

「エレノア？」

『どうしたの？　顔、真っ赤だよ？』

「な、何でもありません」

嫉妬されることが嬉しいと思っているなんて、そんなこと、私は、言えなかった。

私とアシェル殿下は部屋へと戻り、侍女にお茶を入れてもらいソファーへと腰掛けた。

扉の外に侍女と執事が立ち、扉だけ少し開けて私達は二人きりとなった。

「アシェル殿下、その、どうされたのですか？　国王陛下と話をしに行かれたのでは？」

私がそう尋ねると、アシェル殿下は頷いた後、扉の外に控えていたハリー様を呼び、机の上に資料を並べていく。

『ぼん、きゅ、ぼん。機密事項』

一体なんだろうかと資料へと目を移すと、そこにはこれまで王城が取り組んできた他国との対応策や、これから行う妖精への対抗策などそうしたことがまとめられていた。

私はそれを見て、サラン王国はこうやって何度も試行錯誤を繰り返しながら国を栄えさせてきたのだろうなと、人の努力に感銘を受けた。

そして自分もまたこれからその一端を担うのだと思うと気が引き締まる思いがした。

「国王陛下と少し話をした後、エレノアの話も聞きたいとのことだった。だから呼びに来たのだけれど、先にチェルシー嬢につけられた薔薇の痣について確認させて。あと、現在の状況についてもエレノアにも知っておいてもらおうと思ってさ」

たしかに国王陛下と面会をするのであれば、しっかりと情報は頭の中に入れておいた方がいいであろう。

「本当は、エレノアには黙っておきたいこともあったんだ。でも、チェルシー嬢とあの闇の存在が明らかになった今、ちゃんと対策をとらなければならない」

その言葉に、アシェル殿下は優しいなと思う。けれど、いずれ自分もアシェル殿下と並んで王族となるのだ。その覚悟を私は決めている。

「大丈夫です。私はアシェル殿下の妻になるのですから、その荷を一緒に背負わせてください」

そう伝えると、アシェル殿下は一瞬驚いたような顔を浮かべた後に、頷いた。

「……ありがとう」

『……エレノアは、王族の責務を嫌がることなく、一緒に背負ってくれるんだね。ありがとう。それが、どれほど嬉しいことか、エレノアには伝わるかなぁ……』

その後、私はアシェル殿下から資料にそって、闇を信仰する教団や、現在チェルシー様、闇の追尾を極秘裏に行っていることなどの話を聞いていった。

私は先ほどエル様に言われた言葉を伝え、痣についての話になると、魔術師様を交えてそれについては話をしようとアシェル殿下に提案された。

話し合いの場は国王陛下の使われる貴族議員会議席で行われ、私もアシェル殿下の横で話を聞いていく。

国王陛下は他の者達へと指示を出しながら、アシェル殿下に今後の指示は任せるとのことであった。

『アシェル殿下がこの大任にあたるということか。王太子となる日も近いな』
『あのチェルシーという女と闇か……はぁ。他種族というのはどうも難しい』
『エレノア嬢。今日もお美しい～。はぁ。今日は来れてよかったな。エレノア嬢、か、わ、い、い、ぞ～！』

他の貴族たちの心の声も様々であった。

そして、アシェル殿下の父上である国王陛下の言葉に、私はこぶしを握り締めた。

『先ほどエレノア嬢の報告も受けたが、ふむ。エレノア嬢か……傾国とは彼女のような女性を示すのだろうな。アシェルには悪いが、もしも、の場合が訪れれば彼女の今後もどうするかも考えていかなければならないな』

自分の立ち位置は、いつでもアシェル殿下の横でなくなる可能性があるのだ。

私はそれを感じて、頑張らなければと思った時、アシェル殿下と視線があった。

『エレノア。大丈夫？　父上、また変なことでも考えてた？　大丈夫だよ～。父上が変なこと考えていても絶対に成功はさせないから』

その言葉にそんなことが出来るのだろうかと思っていると、アシェル殿下と国王陛下の視線が今度は交わった。

『父上。エレノアを政治的利用しようとか、まだ考えているの～？　絶対させないから』
『アシェルめ。生意気になりおって。まぁ、好きな女くらい自分の力で守り切れ』

心の中で会話をしている二人を見て、私は親子で通じるものがあるのだなとそう思った。

自分の両親とは大違いである。私と両親は心が通じたことなど一度もなかったため、こんな風にお互いの考えが分かっている様子なのに驚いてしまう。

ふと、国王陛下と視線があった。

『まぁ、国際情勢は置いておいて、私としても、エレノア嬢が娘になるのを楽しみにしているんだ。頑張れよアシェル』

その言葉に、私は背筋を伸ばした。

国王陛下は国の為に判断をする。けれど、自分が娘になるのを楽しみにもしてくれているのだ。そう思っていただけるのはとても光栄なことだなと思った。

『うちは男だけだからなぁ。娘。ふむ。いいな。パパと呼ばれたい』

私は思わず噴き出しそうになったけれど、奥歯をぐっと噛んで堪えた。

さすがはアシェル殿下のお父様である。上手く呼べる気がしない。恐れ多いことであり、そのように国王陛下のことを呼び名で呼ぶことは失礼ではないかと心配になる。

『腹黒ひげおやじ。ぼん、きゅ、ぼーん』

私はもう一度奥歯をぐっと噛んだ。たまに不意にハリー様は呟くので本当にやめてほしい。何故今のタイミングで呟いたのだろうか。今、恐れ多いと思い、失礼ではないかという思いがよぎったばかりなのに、絶妙なタイミング過ぎる。

私はそっとハリー様に視線を向けると、資料をめくりながら仕事をしている様子であり、私は何とも言えない気持ちになった。

見た目はすごく真面目なのに、いや、中身もすこぶる真面目なのに、どうして頭の中がそのようになっているのだろうか。いやむしろ私はハリー様の心の声だけ、心の声ではなく違う物が聞こえているのではないかとさえ思ってしまう。

事件の翌日、私のことを心配したリーゼ様から手紙が届き、怪我はしていないのだけれどリーゼ様がお見舞いに来てくれるとの連絡を受けた。

リーゼ様はルーベルト殿下との婚約が決まり、その報告もかねてお手紙をいただいてから、文通のようにやり取りが続いていた。

それもあって以前よりも仲が良くなり、お見舞いに来てくれるのもとても嬉しく思った。

今まで女性の友達がまともにいなかっただけに、リーゼ様と仲良くなると、一緒に話をするのが楽しくて、時間が経つのがあっという間ということもあった。

「エレノア様。今回の一件、大変でしたね。大丈夫でしたか?」

『お怪我がなくて、本当に良かったわ』

「ええ。大丈夫です。今日は来てくれてありがとうございます」

リーゼ様からお見舞いの花とお見舞いの品をいただき、私はお礼を伝えると、リーゼ様にソファーへと座り少し話をしようと持ちかけた。

リーゼ様はもちろんとうなずき、侍女にお茶とお菓子を用意してもらった。

私は、リーゼ様に直接渡そうと準備していた物を侍女に持ってきてもらうと、リーゼ様の向かい側に腰を下ろし、それを机の上に置いた。

「リーゼ様、来ていただいた場で申し訳ないのですが、ご婚約が決まったお祝いにと思って用意していましたの。よかったらもらってくださいませ」

「え？」

リーゼ様の方へと箱を差し出すと、リーゼ様は驚いたように目を丸くし、そして私の方を見ると口を開けて、また閉じ、それから箱へと視線を移した。

「ありがとうございます。嬉しいです」

『……嬉しいわ』

「よかったら、開けてみてください」

リーゼ様はうなずくと、箱をゆっくりと開けた。

私が用意したのは、リーゼ様に似合うだろうなと思った可愛らしい髪飾りである。

よくリーゼ様は大人っぽい物を身に着けるけれど、私にはこういう可愛らしい物の方がリーゼ様には似合う気がして、選んだのだ。

「可愛い」

『私の好みだわ』

私はよかったと思っていると、リーゼ様は髪飾りを指でなでてから、顔をあげた。

「私……実はこういう可愛い物が、大好きなんです」

『でも、ルーベルト殿下の女性の好みが大人の女性だと思ったから、我慢していたのよね』

その心の声に、なるほど、だからドレスや装飾品なども大人っぽい物が多かったわけだと思った。

「そうなのですね」

そう答えると、リーゼ様は顔をあげて言った。

「えぇ。でも、ルーベルト殿下はエレノア様のような美女がお好みだと思うので、我慢していたんです」

『頭も良くて聡明で、体はメリハリのある体形……全部うらやましい。はぁ。私ってどうしてこんなにうらやんでばかりなのかしら』

私はじっとリーゼ様を見つめて、それから少し考えると口を開いた。

「リーゼ様。あの、多分それは思い違いかと思います」

「え？」

『どういうこと？』

その時であった。部屋がノックされる音が聞こえ、私達は視線を扉の方へと向けた。

『ぽん、きゅ、ぽーん。こりす』

外にハリー様がいることをその時点で私は気づくけれど、私はちらりとリーゼ様を見て、たしかにと頷く。

可愛らしいこりすである。

相変わらずのネーミングセンスだなと思いながら、私は返事をする。

部屋に入ってきたのはハリー様とそしてルーベルト殿下であった。

どうしたのかと思っていると、ルーベルト殿下の心の声が響いてきた。

『王城にせっかく来たのだから、僕とも一緒に過ごしてほしい。この後の時間は空けたし、僕だって兄上達のように、ラブラブな仲になりたい』

その声に、私はなるほどと考えながら、侍女達に言った。

「ルーベルト殿下の席もご用意して。お願いね」

侍女達はすぐにルーベルト殿下の椅子とお菓子等の準備もしたのだけれど、それに慌ててルーベルト殿下は言った。

「あ、いえ。僕もお義姉様のお見舞いにきただけですから。突然来てしまい申し訳ありません」

『それを口実にリーゼに会いに来たのは内緒』

「まぁ。ありがとうございます。どうぞお座りになってくださいませ」

私は初々しく可愛らしいなと思っていると、リーゼ嬢は心の中で勘違いを始めた。

『あぁ。あぁぁぁ。やっぱり！　ルーベルト殿下はエレノア様のことが好きなのだわ！』

その言葉に、私は内心焦りながら言葉を連ねた。

「あら、ご婚約者同士でお見舞いに来てくださるなんて、本当にありがとうございます。そうだ。この後はお二人で過ごされてはどうです？　私も、やはりもう少し体を休めておこうと思いまして。なんだか疲れたような気がしますし、いかがですか？」

二人の気持ちが行き違っている以上、出来るだけ会話をする方がいいだろうと思いそう提案すると、二人の心が荒れ始めた。

『ここここ婚約者。そうだよね。うん。僕の可愛い婚約者だよね！　はぁぁぁ。めっちゃ嬉しい。僕、リーゼ大好きだもん。なんであんなに可愛いかな。兄上がエレノアお義姉様が可愛くてしんどいっていう理由がもう分かったよね！』

『えぇぇぇぇぇ!?　突然すぎますわ！　わわわわわ私、全然心の準備が出来ていませんし、それに今日はエレノア様のお見舞いに来ましたのに!?　あ、もしかしてこれはエレノア様に気を使われているのかしら!?　えぇぇ！　優しい！　そうよね。ルーベルト殿下は今はエレノア様に心を奪われているかもしれない！　でも、私の頑張り次第で未来は変わるはずよ！』

変な方向に行き始めたことに、私は内心あわあわと慌てるのだけれど、二人は立ち上がると、私に一礼していった。

「体調すぐれないところ、長居してはいけませんよね。お義姉様また来ますね」

『改めてまたお見舞いには来ます！　今はリーゼとの時間を優先します！』

「エレノア様。短い時間でしたがとても楽しかったです。お体大事にされてくださいね」

『絶対に私のことを好きになってもらうわ！　ルーベルト殿下に溺愛される！　それが目標よ！』

嵐のように去っていった二人の背中を笑顔で見送った私は、なんだかどっと疲れてしまってソファーへと座ると、顔をあげてハリー様を見上げた。

ハリー様は静かに控えていたのだけれど、現在、どうしてここに滞在しているのか私には理解が追い付いていない。

「あの、ハリー様？　どうしてこちらに？」

ルーベルト殿下の付き添いとしてきたのかと思っていたのだけれど、違うのだろうかと思っていると、ハリー様が口を開いた。

「アシェル殿下からのお届け物があり、エレノア様の所に来たのですが、ルーベルト殿下が部屋の前でうろちょろとされていたので、ご一緒したところでした」

『へたれ殿下』

へたれ？　ヘタレ殿下？　それはつまり、ルーベルト殿下の事であろうか？　一体どうしてヘタレというような名前がついたのだろうかと思い、視線を窓の外へと向けた。

私は立ち上がり、歩いていく二人の姿を見て、なるほどと思った。

『あぁぁぁぁ。どうやったらリーゼにこの気持ちが伝わるんだろう。いや、もうさ、可愛いすぎるんだよなぁ。でも、手をつなぎたいとか、言えないし……エスコートはしているけど、エスコートと手をつなぐって違うじゃないか。手を、僕はその手を握りたいんだよおぉぉぉ』

『ルーベルト殿下と一緒。嬉しいわ。でも、でもでも、この後何を話したらいいのかしら⁉　私、一体何をお話したらいいの⁉』

私は見ていて微笑ましいけれど、とりあえずソファーにもう一度座りなおすと侍女の入れてくれたお茶を一口飲んで、息をついた。

「お二人がそろうと、甘いうずうずとした雰囲気が延々と漂うのです。二人を外に出したのは賢明な判断だったと思います」

ハリー様にそう褒められて、何とも言えない気持ちになる。

「エレノア様。こちらがアシェル殿下からのお届け物になります」

やっと手渡せるとでも思っているのか、ハリー様は眼鏡をくいっとあげてから私に小さな箱を手渡した。

私は何だろうかと思っていると、ハリー様がどことなく嬉しそうに言った。

「エレノア様も愛されていますね。本当は直接お渡ししたかったようですが、まだごたごたとしておりまして、私が代理で急ぎ届けに来ました」

箱を開けると、そこには小さなキラキラと光る小瓶が入っていた。見た目は香水のように見えるけれど、何だろうかと私が顔をあげるとハリー様は言った。

「エレノア様が、夜眠れていないのではないかと心配されたようです。こちらは、安眠効果のある香りを調合したもので、眠る前に枕などに吹きかけて使うもののようです」

私は手に持っていたハンカチに、それを吹きかけた。

私の好きな柑橘系のものであり、とても良い香りだった。

「ありがとうございます。そうだ、あのお手紙を書きますので、渡していただけますか?」

こんな風に気遣ってもらうことも、私はこれまで体験したことのないものであり、アシェル殿下の優しさ一つ一つが嬉しかった。

この香りに包まれればアシェル殿下の優しさをいつでも思い出し心が穏やかな気持ちになる気がして、ハンカチなどにも使わせてもらおうと内心思いながらお礼の手紙を綴った。

「お待たせしてしまってすみません。よろしくお願いします」

ハリー様は嬉しそうに手紙を受け取ると言った。

「これで殿下のやる気にも火が付きます。朝からエレノア様を心配されていて、どこか集中が乱れるようでして。ありがたいです。では失礼いたします」

『ぼん、きゅ～、ぼーーーーん♪』

私は去っていたハリー様の出ていった扉を見つめながら、くすくすと笑いが込み上げた。

「ハリー様の心の声、あの言葉だけで喜怒哀楽が伝わってくるのはすごいわ」

誰にでもなく私はそう呟いた後、ハンカチにつけた香りを、胸いっぱいに吸い込んだ。香り一つでこんなにも幸せになれるなんて。

その時、ふと、自分の香りがチェルシー様に抜き取られた件について、頭をよぎった。

「香り……」

柑橘系のさわやかで甘い香りに、私は小さく、息を吐いた。


それから数日後、また平穏な日常が帰ってきていた。

闇や悪魔と抽象的な名前で呼ばれていたけれど、チェルシー様が読んでいたカシュという名前で今後は統一し、何かしらの問題が起こった時にはカシュという名前にて報告をまとめるようにと指示があった。

闇や悪魔と呼ばれるカシュが今後どのような動きをするのか、また対策はどのようにとっていくのか、魔術師様を交えて定期的に会議が開かれるとのことであった。

私は自室にて妃教育を受けながら、不意に視線を外へと向けた。

灰色の空から雪がちらちらと降り始めたのが見えた。

暖炉の火があるからこそ部屋はとても暖かだけれど、外はとても寒いだろう。

「それでは、今日の授業はここまでにいたします。エレノア様、お疲れ様でございました」

『素晴らしいわ。本当に。エレノア様であれば立派な国母となるでしょう！　アシェル殿下は幸せでございますねぇ～。あぁぁ。教えがいがありますわぁぁ』

「先生、今日もありがとうございました」

先生は小さく頷いて一礼すると、エレノアの机の上にいくつかの参考書と資料を載せ、楽し気な口調で言った。

「我が国は多種多様な種族の皆様と友好的な国を築いてまいりました。それ故に他国との交流の場も多く、学ぶことが多いですが、頑張りましょう。今日は参考資料を置いておきますね。では本日はこれで失礼いたします」

先生はそう言うと一礼をして部屋から出ていった。

私は残された資料をちらりと見た後に、窓の外で降り積もり始めた雪を見つめ、それから侍女を呼んだ。

ベルを鳴らすと侍女がやってきて、私は少しだけ外に散歩に出ることを伝えた。侍女達はすぐに暖かなローブや手袋、マフラーなどを準備してくれる。

「ありがとう。少し散歩してくるだけだから、一人で行ってくるわ」

「では、少し離れた位置に待機しております」

「えぇ。ありがとう」

魔術師達の対策により、カシュや妖精達でさえも城の中に無断で入れないようにといたるところに魔法陣が配備された。魔法陣によって他種族が侵入した時には、警報がなる仕組みになっているらしい。ただ、アシェル殿下はチェルシー様に反応するかどうかは微妙なところだと言っていた。人間が竜の血を飲んだことなどないため、それがどのように反応するのかは分からないらしい。

妖精達にはしっかりとゲートの位置を固定してもらい、来るときにはせめて一時間前には一報を入れてもらえるようにとの協定を結んだ。

ただ、ユグドラシル様だけは不満そうであったが、緊急時以外はちゃんと連絡をするとの事で納得してくれたようだ。

いくら頑張ったところで、多種多様な種族がいる中で絶対の平和などない。

それでも私達はこの世界で一生懸命に生きていくしかないのである。

庭は一面雪化粧となり、空からはちらりちらりと雪が降ってくるのが見えた。

灰色の空を見上げて、私は落ちてきた雪を手袋をした手で受け止めた。手袋の上に落ちた雪はよくよく見れば結晶があり、小さな粒ながら美しかった。

「綺麗」

私はそれを見つめながらこのまま平和な日々が続けばいいなぁと思った。

その時、傘を片手にノア様がこちらへと歩いてくるのが見えた。

「ノア様？」

「エレノア嬢。こんな雪の日に散歩か？」

『風邪をひくぞ』

こちらに傘を傾けてくれるが、私としてはローブも着ているし大丈夫だと思い断ろうとした。だが、その時、反対側から私の上へと傘がかかり、私は後ろを振り向いた。

「あら？」

そこに立っていたのはジークフリート様であり、いつジークフリート様は帰って来たのだろうという疑問と、ノア様もどうして王城内にいるのだろうかという疑問を抱く。偶然にもこの場に二人がそろうなんて珍しいと私は思った。

『なんだ？　この男は』

『っは。竜の王子か。エレノア嬢に馴れ馴れしいな』

何故か睨み合う二人を見つめながら、私はチェルシー様の言葉を思い出す。

好感度を上げておくこと。

ここはゲームの世界ではない。けれど、もし好感度が低かった場合、この世界はどうなるのであろうか。

何か起こるのであろうか。以前ジークフリート様には可愛くないと言われていたことを思い出し、すでに好感度は低いのではないかと思ってしまう。ただその後あった時には可愛いと言われた。もしかしたらジークフリート様の中で私の好感度が上がり下がりしているから、こんなに変わってしまうのだろうかという疑惑すら思ってしまう。

「あの……」

私は二人のことをじっと見つめて、思わず尋ねてしまった。

「お二人は、私の事、嫌いですか？」

直接的過ぎる質問だろうかとも思ったけれど、もし嫌われていた場合、この世界はどうなるのであろうか。

チェルシー様の言うようにアップデートが行われていたとして、もしチェルシー様の言うように好感度が低ければサラン王国は一体どうなるのであろうか。

私の言葉に二人共ピタリと動きを止めた。

『嫌い？　どういうことだ？　突然どうした？』

『嫌い⁉　はぁ？　いや、嫌いじゃないけど。いや、好きでもないしな！　僕がエレノア嬢を⁉　はぁぁ？　嫌いじゃないが好きでもない‼』

質問の仕方が悪かったとは思ったけれど、この際ちゃんと聞いていた方がいい。

もし嫌われているのであれば、チェルシー様の手に落ちないように好感度というか、友好関係をもっと築いていく必要があるはずだ。

「エレノア嬢。俺とエレノア嬢は友人だろう？　友人なのに、嫌いなわけがない」

『……そうだ。友人だからな』

「友人⁉　なるほど。友人の位置に収まったのですか。ちなみに僕だって別に君がエレノア嬢を嫌いだとは思っていませんよ。隣国の……王子の、婚約者ですし」

『っふ。なるほどなぁ。こいつは諦めたわけだ？　ふふん。情けない男だなぁ……って、僕は一体何を考えているんだ。はぁぁぁ』

ノア様とジークフリート様の言葉に、私はとりあえずノア様には嫌われていないようで良かったと思った。

それに先ほどの声からしてジークフリート様も私の事が好きなわけではないけれど嫌いなわけでもないようなので、ほっとした。

私が好きな人はアシェル殿下なので、恋愛的な意味で言えば好感度を上げるわけにはいかないけれど、友好関係は築いていきたい。

物語の中の悪役令嬢のエレノアと私は違う。

「良かったです。嫌われていなくて」

私がほっとしてそう告げると、二人共私の事を見て動きを止めた。

『わかって、ないのだよな？』

『傾国っていう噂は……伊達じゃなさそうだ』

二人の心の声に、私は一体どういう意味だろうかと首をかしげたくなった。二人共突然どうしたのだろうかという疑問を抱く。けれどそれは心の声のことなので質問するわけにはいかず、私は別の質問を口にした。

「あの、お二人はどうしてここへ？　ジークフリート様は国に帰ったのでは？　それにノア様はどうしてこちらに?」

雪が降る中どうして二人共ここへ来たのだろうかという疑問に、ノア様もジークフリート様も視線が泳ぐ。

その時であった。

「エレノア」

『わぁお。はぁぁぁ。エレノアってばどうしてノア殿とジークフリート殿に取り合われているのかな?』

少し怒っているような雰囲気のアシェル殿下の声が聞こえ、私が振り返るとそこには傘を差したアシェル殿下がこちらに向かって歩いてくるのが見えた。

寒い雪の降る庭に勢ぞろいである。

「まぁ、皆様どうしてここへ? あの、もしかして私と同じように、雪を見に来たのですか? ふふ。とってもきれいですよね」

ちらちらと降り積もる雪は光を反射して美しく、寒いけれど近くで見る価値はある。

だからこそ皆も同じ気持ちだろうかとそう思わず気持ちが高まりそう尋ねてしまった。

『っふ。可愛いな』

『なんだよそれ。可愛いなんて、可愛いなんて、可愛いなんてぇぇぇ!』

『エーレーノーアー。お願いだから可愛いを振り撒かないで! エレノア。君は可愛いんだよ。わかっている? 僕は、僕は心配だよ。可愛すぎるって、本当に罪だ』

「え?」

私は何か間違えたのだろうかと不安になり視線をアシェル殿下へと向けると、小さくため息をついてから、アシェル殿下は私の手を引き、自分の傘の中へと招き入れてくれた。

「ノア殿とジークフリート殿には、チェルシー嬢の一件があったから来てもらったのです。エレノア。詳しくは中に入って話しましょう」

『はぁ。エレノア。鼻、赤くなっているよ。風邪ひいたら大変だよ』

「あ、そうなのですね。わかりました。では中へ……くちゅ……すみません」

小さくくしゃみをしてしまったのが恥ずかしくて私はうつむいてしまう。

令嬢が人前でくしゃみなどはしたない。聞こえていなければいいのにと思うけれど、そんな淡い期待は一瞬で砕かれた。

『小動物か』

『か、可愛い。っく。いや、違う！　断じて可愛くなど、可愛くなど……くそが！』

『はい。可愛い。それに風邪引くよ！　ほら、中にはいってあったかくしようね』

恥ずかしい。

私はアシェル殿下にエスコートされ、暖かな部屋の中へと移動したのであった。

部屋の中に入った私達は、一緒にお茶を飲み、これからしばらくの間ノア様も王城に滞在する予定になったとの話を聞いた。

どうやらジークフリート殿下の故郷であるアゼビアはノア様から話を聞きたいことがあるらしく、その話をする為と、そしてチェルシー嬢がどのような動きをするか分からない為、王城内へと避難の為に招き入れたとのことであった。

「そうなのですね。確かに、チェルシー様が何をしてくるかも、わかりませんしね……ノア様。大丈夫ですか？」

ミシェリーナ夫人と信頼関係を築き馴れてきた時なのに、不安はないだろうかと思い声を掛けると、ふっとノア様が笑った。

「大丈夫だ。今回の一件が落ち着くまで、少し滞在させてもらうつもりだ。今日は謁見と確認事項だけすませ一度ミシェリーナ夫人の元へ帰るが、準備を済ませ来週からこちらに滞在する予定だ」

『エレノアとせっかく友人となったのだ。この際、友情を深めていくのもいいだろう』

その言葉に私は嬉しく思った。

王城内にはたくさんの本があるので、その中でノア様に紹介したい本も、語り合ってみたい本もある。今まで共通の趣味を持つ友人はいなかったので楽しみである。

「ぼ、僕もこれからしばらくまたこちらでお世話になります。アゼビアの国王陛下からノア殿に確認してほしい事項を聞いていますので、それを確認すると共に、調べたいことがありまして」

『エレノア嬢。なんでそんなにノア殿と仲がよさげなのだ⁉　僕の方がかっこいいだろう？　絶対に僕の方が魅力的な男性のはずだ！』

「そう、なのですか」

ジークフリート殿下は何を考えているのだろうか。

私はジークフリート様はかなり自己愛が強いのだなと思いながら、ゲームの中ではそういうことは語られないので、その外見故にガチ恋に発展する人達が多かったのになと思う。

この心の声をファンに聞かせてしまえば、ファンが減ってしまいそうな気がしてしまう。いや、むしろギャップがいいとなるのであろうか。

以前自分に多少好意を持たれているのかと思ったけれど、お門違いのようである。

ジークフリート殿下は、自分の事が好きなのだ。私のことを可愛いと言ったり可愛くないと言ったりすることもあったけれど、気分次第で変わるのだろう。そしてジークフリート様は結局自分が一番好きなのだろうと私は思った。

『エレノア』

心の声で名前で呼ばれて、横にいたアシェル殿下へと視線を向けると、ないはずの犬耳としっぽが項垂れているような姿が見えた。イメージ、ぺたっとアシェル殿下の子犬のお耳がへにゃりと下がっている。

私はどういうことだろうかと目をぱちくりと瞬かせてしまう。

『お願いだから、可愛い姿を振り撒かないで……やく』

やく?

一体何をだろうかと思っていると、心の声が続けて聞こえてきた。

『エレノアは僕の婚約者だよ。お願いだから、他国の王子の好意をこれ以上君に向けさせないで。いや、ごめん。むぅぅぅ。あぁぁ。僕って器が小さい。ごめん。ただのやきもちだから気にしないで』

私の胸は、一瞬できゅんと高鳴ってしまう。

やきもちをやかれることにきゅんとしてしまうのだから、私はこの恋にかなり溺れてしまっているのだろう。

私はアシェル殿下の手をさりげなく握ると、笑みを向けた。

真っすぐに向けられる気持ちが嬉しくて、私はしっかりとアシェル殿下の手を握った。

『仲がいいな』

『っく。僕の方がかっこいいのにな⁉』

少し恥ずかしかったけれど、アシェル殿下との仲の良さを隠す気はない。

むしろアゼビア王国には第一王子であるアシェル殿下と婚約者の私とが良好な関係を築いているのだということを知ってもらっていた方がいいだろう。

少しでも不安要素はないほうがいい。

第七章　アップデート後の世界

ノアはその後一度ミシェリーナ夫人の屋敷へと帰るために馬車に乗り、街を抜けて草原を移動していた。

ミシェリーナ夫人の屋敷までは馬車で向かう。街中ではない為、ある程度の時間はかかる。

街を抜けて森を抜けたところに、ひっそりとミシェリーナ夫人の屋敷はある。

街の中には貴族たちが社交シーズンに主に使用するタウンハウスなどもあるが、ミシェリーナ夫人は自然を愛し、静かな場所を好んでいた。

だからこそ、ひっそりとミシェリーナ夫人の屋敷は街はずれにたたずんでいる。

屋敷に帰ると、入り口でミシェリーナ夫人が使用人達と共にノアのことを出迎えた。

温かな雰囲気の屋敷であり、使用人達も、ミシェリーナ夫人もノアのことを手厚くもてなしていた。

「おかえりなさいノア」

優しい人である。

ノアはミシェリーナ夫人の温かさに、これまでの苦しみを和らげることが出来た。

本当の母のように優しく、ノアの気持ちを尊重してくれる夫人に、ノアは心から感謝の気持ちを抱いていた。

「気を付けて。また落ち着いたらこちらへと帰ってきてね」

次の日、ノアは王城に行くために支度を済ませた後、ミシェリーナ夫人にそう声を掛けられた。

「はい。ありがとうございます」

本当に優しい人である。そうノアは思い、王城へと向かう馬車に乗り揺られていた。

しかし、馬車が森に入ったところで止まり、ノアは異様な気配を感じて身構えた。

「なんだ?」

人の気配ではない。

けれど全身の毛が逆立つようなその感覚に、ノアは眉間にしわを寄せた。

馬車の扉ががちゃりと開き、外から冬には似合わない生ぬるい風が吹き込んできた。

「出てこい」

声が聞こえ、ノアは身構えながら馬車の外へと飛び出た。

「ノア様ぁ〜。お久しぶりですぅ〜」

突然後ろから抱きしめられて、ノアはその腕を取ると、勢いよく前へと投げ飛ばした。

しかしそれを空中で羽を広げたチェルシーは体を反転させると、にっこりと微笑みを浮かべてノアの方を見て言った。

「まぁ酷い。ノア様って、本当に容赦がないのね」

「まさか」

驚いた表情を浮かべるノアに、チェルシーは言った。

「うふふ。さぁ〜。ゲームが楽しくなっていくわぁ〜」

にやりとチェルシーの口は三日月のように弧を描いた。

そして生ぬるい風の正体であろう黒いそれは、べちゃ、べちゃっと音を立てて黒い体から舌を出すと、自身の体を舐めた。

「さてさて、うまくいくかどうか。お前で試してみよう」

楽しそうな様子のカシュに、チェルシーは寄りかかりながら言った。

「ああ。本当に楽しみだわぁ！　ねぇ？　カシュ様」

「まぁなぁ」

ノアは全身がまるで冷水を浴びたかのように冷たくなっていくのを感じたのであった。

私はノア様がそろそろ王城に到着する頃だろうかと、時計へと目を移した。

ただ、心の中に何かが引っかかっており、私はペンと紙を出すと真っ白な紙をじっと見つめた。

心の中で残っているのは、チェルシー様の言葉。

アプリゲームのアップデート後。

もしもその言葉が正しいとしたならば、アップデート後とはどのようなことが起こるのだろうか。

略奪ハーレム乙女ゲームのアップデート後。

予想するにきっとアップデート後も同じような系統で男性達の心を虜にしていくのだろう。

では、ヒロインと悪役令嬢のポジションは？

私はそれを文字にして書きなぐりながら、チェルシー様と私の立ち位置は現在変わってしまったが、変わっただけと考えて、物語の進行を考えてみる。

簡単に言えばこの乙女ゲームは、ヒロインと悪役令嬢の男性の心奪い合い合戦である。そしてそうなる場合、奪い合う場所が必要になる。

私は、その時、自分の心に引っかかっていたことが分かった。

「奪い合う場所が必要ということは、どこかに皆が集まるということ、よね」

心臓が煩いくらいに鳴るのが、感じられた。

「アシェル様、ハリー様、ジークフリート様、ノア様……」

着実に今まさに、王城に攻略対象者達が集まってきている。私は攻略キャラを全て把握している
わけではないけれど、おそらく主要キャラクターはある程度決まっているのだろう。

そして、前回で言うならば後はエル様、獣人のリク、カイ、クウ。

この王城がまた、アプリゲームの舞台になるのだろうか。

けれどそれだと、ゲームとして少し前回と似通いすぎではないだろうか。

胸の中に不安が渦巻き、私は頭を振った。

「全て私の予想にすぎないわ。……でも、ちゃんと考えておく必要はあるわね」

私は紙の上に前回とは違うことを記入していく。

前回は黒幕としてナナシがいた。では今回の黒幕は、カシュになるのだろうか。

竜の力を手に入れたチェルシー様と、闇そのものと思われるカシュ。

その時、部屋をノックする音が響いて聞こえて、私はびくっと肩を震わせると小さく呼吸を繰り
返してから返事をした。

「はい。どうぞ」

いったい誰だろうかと思っていると、そこにはアシェル殿下がいた。そしてその後ろには黒いロ
ーブを身に着けた身長の高い人と、もう一人、煌びやかな衣装を身に着けた男性が立っていた。

「エレノア。すみません。少し時間いいですか？」

『突然ごめんね』

私は一体誰だろうかと思いながら、心臓が煩くなっていくのを感じた。

アップデート後の攻略対象者が増えるということも考えられるのだ。

私は机の上に広げた紙を片づけると、自分を落ち着けるためにも一礼し、そして顔をあげた。

「ごきげんよう。どうぞこちらへおかけくださいませ」

いったい誰なのだろうかと思っていると、心の声が聞こえてきた。

『わぁぁぁぁ。本物の悪役令嬢だ。怖い怖い。心を奪い取る悪女。でででで、でも。美人過ぎる！うわぁぁあ。もし、悪役令嬢のルートなら、ぼぼぼ、僕も、あああ、あんなことやこんなこと、わぁぁぁぁぁ！』

『うっそぉ。本当にいるわぁ～。なんで悪役令嬢がまだここにいるのよぉ～。ヒロインちゃんはどこへいったのぉ？　この世界って一体どうなっているわけぇ？』

個性的な人達が現れたなと思うと同時に、私は緊張していた。

悪役令嬢、ヒロイン。

つまりこの二人は、この略奪ハーレム乙女ゲームを知っているという事だ。

ナナシの一件もある。

この二人が敵か味方か、私は身構えたのであった。

机の上に侍女達がお茶と菓子を並べ、私の隣にはアシェル殿下が、そして向かい側にはローブを着た男性と煌びやかな男性が座った。

「エレノア。魔術師のダミアン殿とオーフェン殿です。今日は王城内にある魔法陣について話をしに来たのです」

『ちょっと怪しいかもしれないけれど、れっきとしたサラン王国所属の魔術師の二人だよ』

私はその言葉に、頭の中のアプリゲームのアップデートが頭をよぎる。

大人しそうなローブ姿の男性に煌びやかな男性。どちらもキャラ立ちしているような気がする。

まさかとは思うけれど、アップデート後の新キャラ追加であろうか。

『え？　なんでこっちを見てくるんだよ。えぇぇぇぇ。ままま、まさか、やっぱり悪役令嬢だから、ぼぼぼぼ、僕の事、僕の心を奪うの⁉』

『あら、可愛い顔してこっちを見つめてくるわね。うふふ。かっわいいわぁ～。でも今日は愛でている場合ではないわよねぇ。この世界の今後がかかわっているのだから』

この二人は何の目的があってここに来たのだろうか。

アシェル殿下は魔法陣の紹介の為と言ってきたけれど、この二人は明らかにゲームの知識を持っている。

という事は、転生者である可能性が高い。

敵か、味方か。それが分かればいいのだけれど、とにかく情報を引き出さなければならないだろう。

「初めまして。エレノア・ローンチェストと申します。よろしくお願いいたします」

「アシェル殿下にご紹介いただきました、ダミアンと申します」

「オーフェンと申します」

二人は頭を下げると、アシェル殿下に促されて王城内にある魔法陣の位置と効果について話を始めた。その内容はいたって真面目なものであり、私は今後の為にも話を聞いていたのだけれど、途中途中で二人の雑念が入る。

『あぁぁ～。見つめられたら心をううう奪われちゃう！』

『この世界、まだお化粧品発達しきっていないのにぃ、お肌ぷるっぷるねぇ！』

個性が強い。

しかも見た目で言えば二人共かなり真面目な顔をしながら話をしているというのに、心の中では楽しそうにしている。

『ぽん、きゅ、ぼーん』

私は顔をあげると、アシェル殿下の後ろに控えていたハリー様と視線が合った。

ハリー様はちらりと視線を自分が持っている書類へと移し、それから私の方へとまた視線を戻してくる。

どうやらアシェル殿下は早急に片づけなければならない仕事がある様子で、私はハリー様に向かって頷いてみせた。

最近、ハリー様と以心伝心出来てきているような気がする。

「アシェル殿下。あのお仕事があるのではありませんか？　私でしたら、お二人から話を聞いておきますので、心配なさらないでくださいませ」

そう伝えると、アシェル殿下はちらりとハリー様を一瞥した。

『ハリーだな？　はぁぁ。エレノア、ごめんね。本当は最後まで一緒にいたかったんだけど、一度席を外して仕事を片付けてくるね』

私は小さく頷くと、また話が終わるころに来ますね。すみません。緊急の仕事が入っているようなので一度席を外します。ダミアン殿、オーフェン殿、よろしくお願いしますね」

「はい。かしこまりました」

「はい。ご安心ください」

二人はうやうやしげに頭を下げ、アシェル殿下は一度仕事へと戻られた。

そしてアシェル殿下が部屋を出た途端、ダミアン様が呟いた。

「……略奪ハーレム乙女ゲーム」

『さぁ。どどどどどんな反応するかなぁ？』

『まぁ。ダミアンったら、直球でいくわねぇ〜。私達の敵か味方か見極めなければいけないから、仕方ないわよねぇ。だって、これで闇の王であるカシュを止めなきゃいけないんだから！』

その言葉に、私は静かに紅茶を飲んでから、小首をかしげた。

こちらの手札を見せるのは、二人が味方だと判断した時である。

侍女や執事も部屋の中には控えているので、あくまでもダミアン様は小さな声で呟いていた。

「ダミアン様？　それは、どういう意味でしょうか」

微笑みを浮かべてそう尋ねると、二人が一瞬びくりとした。

『どどどど、どうしよう。ででても、協力してもらわないと、この世界が！』

『世界の為には、悪役令嬢の協力が不可欠よぉ！』

二人の心の声の様子からして敵ではなさそうだなと思った時だった。

不意に、耳にノイズのようなものがじじじっと聞こえ、何の音だろうかと部屋を見回したけれど、特に何もない。

私は今は目の前の二人に集中するべきだと二人に向かって口を開いた。

「あの、私に何か言いたいことがあるのですか？」

直球で聞いてみようと口を開くと、二人は顔を見合わせてから、緊張した面持ちで口を開いた。

「エレノア様は……この世界を守りたいですか？」

『おおおお願いします！　ぼぼぼ僕はまだ死にたくない！』

「私達はこの世界を守りたいだけなんですぅ」

『そうよぉ！　まだこの世界で素敵な出会いだってしてないんだからぁ！』

二人の真っすぐな瞳を見て、私は二人は自分の敵ではなさそうだなと小さく息をつくと、答えた。

「もちろん、この世界を守っていきたいです。私はいずれアシェル殿下と結婚しこの国を支えていくつもりです。ですから、何か知っているなら教えてください」

そう伝えると、二人は頷き合って、それからおずおずと、勇気を振り絞るように言った。

「僕達は、エレノア様が転生者だと思っています。だから、ヒロインのはずのチェルシーと立ち位

置が代わっているんだって。本来ならば、アップデート後は、悪役令嬢エレノアがカシュを魅了して操っているはずで、ヒロインチェルシーは攻略対象者の好感度を上げて、闇に染まった悪役令嬢に攻略対象者達を奪われないようにするはずだったんです。それがどうですか？　全然違う物語になっている。つまり、それはエレノア様が転生者で物語を書き換えたからだと、思っているんです」

『僕が記憶を取り戻したのは、この前だ。もっと早く思い出したかった』

「実は私達も転生者なんです。ですから、協力して、この世界を救ってほしいんです」

『ダミアンと魔術の実験中にぶつかって、二人してこの世界に転生した記憶を思い出すなんて、本当に驚いちゃうわよぉ』

その言葉に、私は驚いた。

まさか思い出したのが最近で、しかも頭をぶつけて同時に転生者だと気づく何てことあり得るのだろうか。

とにかく質問に答えなければならないだろう。

まだ確実に二人を信じることはできないけれど、心の声自体は嘘偽りがないようだった。それになにより、アップデートという言葉についてもっと詳しく聞き出さなければならないと思った。

「……はい。私は十歳の時に思い出しました……自分が転生者だということを」

そう告げると、二人は目を丸くした後に、お互いにこぶしをぶつけあって笑うと、私に向かって言った。

「よかったぁ。そうじゃなきゃ、今後どうしようと悩んでいたんです」

『安心したぁ』

「これで世界を救うためのめどがつきそうです！」

『ほんっとうに、よかったわあぁ～。まぁでもそうじゃなきゃ、本当ならストーリー通りに進んでいるはずだものねぇ』

私は頷き、尋ねた。

「世界を救うとはどういうことですか？　お二人はアップデート後をご存じなのですか？　私は知らないのです」

そう告げると、二人は喜んでいたところだったが笑顔を消し、それから難しい顔をして話し始めた。

私はこのゲームのタイトルがずっと思い出せなかった。ただただ、頭の中に残っていたのは略奪ハーレム乙女ゲームというワードだけ。

それはどうやら二人もそのようで、前世の記憶はかなり曖昧なようであった。

ただ、このゲームの事はおおよそ覚えており、アップデート後の事も覚えているのだと言う。ただし、詳しく思い出そうとしてもそれはまるで霧がかかっているように思い出せず、ただ、概要とおおよそのストーリーだけということであった。細かな内容やイベントについては思い出せないということであった。

私はその話を聞きながら、一体どのようなアップデートだったのだろうかと真剣に話を聞いた。

二人は覚えている限りのことを話してくれた。

大筋自体はある程度覚えているようで、内容的には本来のストーリーでいうとヒロインは王城で暮らしており、日常は攻略対象者の好感度を上げたりイベントをクリアしたりしていくらしい。

ただし悪役令嬢エレノアが闇を魅了し操る状態で登場し、好感度が低い攻略対象者を誘惑するので奪われないようにイベントで勝利していかなければならない。

アップデート後は略奪し合うようなゲーム展開になっているようで、ストーリーの進行によってはバッドエンドの場合王国の滅亡まであるらしい。

私はその話を聞いてから、自分は今後どのように動いていくべきなのだろうかと考えた。


夕方になり、アシェル殿下は仕事を終わらせると私の元へと帰ってきてくれた。ダミアン様とオーフェン様とは別れ、私の手元には、連絡を取り合えるという魔術具を置いていってくれた。

「エレノア？」

『魔術師の二人と会ってから様子がおかしいな……ねぇエレノア。どうしたの？』

これがあれば距離が離れていても会話が出来るのだと言う。

この世界もどんどんと発展していくのだろうなと思いながら、私は顔をあげると答えた。

「何でもありません。アシェル殿下……」

そう伝えると、アシェル殿下は私の横に座り、侍女や執事を下がらせると部屋に二人きりとなった。念のために扉は少し開いているものの、話し声は外には聞こえないだろう。

「エレノア。何があったんだい？」

私の手を取り、アシェル殿下はじっと見つめてくれる。

この人の手を、私は放したくない。

「……アシェル殿下……私、どうしたらいいのか、わからないのです」

自分でもこれからどうしていくことが正解なのかわからなくて、私はアシェル殿下の手をぎゅっと握った。

本当はアシェル殿下に話をしたい。

けれど、ダミアン様とオーフェン様に忠告された。

この世界は、乙女ゲームの世界が現実化したもの。だからこそ、自分達が転生者だと話をして起こりえる未来を話した時、それがどんな作用をもたらすかは分からない。

だからこそ、出来ればアシェル殿下には話さない方がいいと言われた。

たしかに、チェルシー様はナナシに話をした。その為に、大きく未来は変わったような気がする。

けれど、これから自分がすることを考えると、アシェル殿下に言わないことはできない気がした。

私はアシェル殿下を裏切ろうとしている。

「私……」

この人が好き。

けれど、それと引き換えにこの世界が壊れてもいいのか。

「分からないんです」

私は涙が瞳から零れ落ちていくのを感じた。

分からない。強くなろうと思った。アシェル殿下の横に立つために。

けれど。

アシェル殿下が私の事をぎゅっと抱きしめてくれた。安心する温もりが感じられた。

「私、アシェル殿下が好きなんです」

「え？　う、うん。僕も、好きだよ？」

『え？　何？　泣いているのに、どうしたの？　僕も、エレノアが、好きだよ。うん。僕はエレノアが大好きだよ』

ぎゅっと抱きしめながら私がひっくひっくと涙を流しながら嗚咽をこぼした時、アシェル殿下は、私の背中を優しく擦りながら口を開いた。

「ん～……もしかして、言えないことがあるの？」

『あー。何か、言われたのかな』

私は小さくこくりとうなずいた。すると、アシェル殿下から心の声がしばらく聞こえなくなった。

私はどうしたのだろうかと思っていると、優しく頭を撫でられる。

「エレノア。実はさ、言っていなかったことがあるのだけれど」

『国家機密だからね』

「え？」

「エレノアは、転生者って知っている？」

私はアシェル殿下から呟かれた言葉に衝撃を受け、アシェル殿下の顔を見上げて、固まった。

「アシェル……殿下？」

心の声が聞こえなくて、私は意図的にアシェル殿下が聞こえないようにしているのだという事に気付く。

「転生者を……ご存じなのですか？」

私の言葉に、アシェル殿下はゆっくりと息を吐くと、私をぎゅっともう一度抱きしめて言った。

「うん。知っているよ」

『あー……なるほど。やっとわかった』

アシェル殿下は小さく息を吐くと、話し始めた。

「ナナシの一件から、転生者と名乗る者達が一定数いることが確認されていてね、そういう人達について現在調べているんだ。エレノア……君も転生者なのかな？」

『……何か隠しているなぁとは思っていたけれど、なるほど、そういうことだったんだね』

私は顔をあげると、慌てて言った。

「わ、わざと隠していたわけではないのです！　ただ、ただ……話すタイミングが……」

言い訳のような言い方になってしまったけれど、素直な気持ちだった。これでアシェル殿下に幻滅されたり嫌われたらどうしようかと、怖くなる。

「私、あの、あの……」

「エレノア。大丈夫だよ？　ふふふ。焦っているの？」

『ふふふ。いやいや、大丈夫だよ。だって自分が転生者とか、言いにくいのは分かるし、エレノアの事、僕は信じているから』

アシェル殿下は、笑っていた。

私の顔を優しく両手で包み込む。

「エレノアってばなんでそんな不安そうな顔をしているの？　そろそろ僕に、すっごく愛されている自覚をしてよ？　言っておくけど、誰にだって秘密はあるし、そのくらいで怒らないよ？」

『ふふふ。可愛い顔してなんか、びっくりしているけどさ、ふふふ。もう、可愛いな』

いつものように優しい笑みを浮かべたアシェル殿下に、私は尋ねた。

「だ、だって、すごい、秘密、ですよ？　あの、隠していたとかではないですけど……でも、でも」

「たしかにすごい秘密だよね。でも、別にだからどうしたのかなって。悪いことしているわけじゃないし……エレノアはエレノアだし、君が信頼できる人だってことを僕は知っているから」

『信じているから、大丈夫だよ？　それに、多分さ、エレノアが思っているより、僕は君の事が大好きだし……あぁぁぁ。ごめん、ちょっと気持ち悪い？　僕の愛って重め？　わぁぁぁ』

心の中であわあわとするアシェル殿下の瞳を、私はじっと見つめた。

私はまた涙が零れ落ちてしまう。

「ふ、ふぇ」

涙が零れ落ち、私はアシェル殿下に抱き着いた。

「良かったです。嫌われたかと思いました」

「いやいや、ありえないよ」

『重めの愛でごめんね。でも、僕が君の事を嫌いになるなんてありえないよ？　だ、だって、僕だって、こんなに人の事好きになるのは、は、初めてだし……』

その言葉が嬉しくて、私はほっと胸をなでおろした。

けれど、このままではよくない。

私は意を決して口を開いた。

「あ、あの……もしこの先の未来を知っていた場合、未来を人に話して変えてしまうことで、悪い方向に進むのではないかと、実は……悩んでおります」

そう告げると、アシェル殿下は少し考えて、首を横に振った。

「なるほど。でもそれって確証などないのでしょう?」

『実験的に行ったことがないのであれば、分かりえないよね?』

「はい……確証は、ありませんが……」

アシェル殿下はそれを聞くと、小さく息を吐いてから口を開いた。

「実は、僕達が把握している転生者で、この世界は略奪ハーレム乙女ゲームと言っている人がいてね、しかもそれが何と一人ではない」

「え?」

「そして僕はその内容を今、把握している」

『ごめんね。エレノアに話すべきか今までずっと悩んでいた。うぅ。僕の方が、秘密が多い。本当に……ごめん』

私はアシェル殿下が秘密にしていたこと自体は、この国にかかわる事なので仕方がないと思った。

それはいいのだ。ただ、私以外にもこの世界に転生者が多数いてそれもこの世界を知っている人がいるということに驚いた。

「エレノア。もうすでに僕は知っているんだ。だから、悩む必要はないよ。僕にも、エレノアの知っていることを教えてくれるかい？」

『本当に、ごめんね。とにかく今は、エレノアが何を悩んでいるのか教えてほしい。そして、僕も一緒に解決できるようにしたい』

私はその言葉に、ゆっくりとうなずいた。

頭の中はまだまだ疑問で一杯だけれど、アシェル殿下に話してもいいという事実に私は少し安心した。アシェル殿下に言わずに、今後自分がしようとしていることを遂行するのは、無理だと感じていたから。

私はアシェル殿下に自分が知っていることを全て話した。

あまりよくは覚えていないけれど、この世界が略奪ハーレム乙女ゲームであり、自分が悪役令嬢であること。

そしてヒロインはチェルシー様であったこと。そして私とチェルシー様の立場が逆転していることなど詳しく話していった。

またチェルシー様がゲームのアップデートがあり、またこれからゲームのストーリーが動き出したといっていたことも伝えた。

「なるほど……うん。僕が他の転生者から聞いていた内容とほとんど変わらないかな。実のところちゃんと覚えている人の方が少ないんだ。曖昧だったり、略奪ハーレム乙女ゲームという単語だけを覚えていたり。だから、エレノアはちゃんと覚えている方だと思う」

『この世界に転生するにあたって、恐らく記憶は欠落するんだろうな』

ダミアン様とオーフェン様も転生者であることを伝えると、アシェル殿下はうなずいた。どうやら、二人については以前怪しい動きがあったそうで、現在調査中なのだと言っていた。

私は、アシェル殿下の状況把握が的確であり、自分だけが何も知らないということに私はなんと無力なのだろうかと思った。

「アシェル殿下は……ご存じだったのですね」

自分はなんと役立たずなのだろうか。ただ一人で悩んでいただけで、何も出来ていない。

アシェル殿下は私の様子を見て慌てて言った。

「エレノア。本当にごめんね。でも……僕は、この事実を、エレノアに伝えたくなかったんだ。だって……もしエレノアが転生者じゃなかったら、自分が悪役令嬢だなんて……嫌でしょう?」

『エレノアは天使なのに、あ、ごめん。気を付けているんだけど。あぁぁぁ。恥ずかしい。本音がやっぱり漏れる。でも、いや、エレノアは可愛い天使だから……あぁぁごめん』

慌てた様子のアシェル殿下に、私はふっと笑みをこぼしてしまう。

私は無力な自分が嫌だけれど、アシェル殿下は、私の事を必要としてくれていて、そして大切にしてくれているのが伝わってくる。

私は気合を入れると、アシェル殿下の役に立ちたいという思いから、ダミアン様とオーフェン様と話したことについて、やはり嫌でも、相手に嫌悪されたとしてもやるべきだと思い口にした。

「アシェル殿下、私、先ほどダミアン様とオーフェン様と話をしまして、闇であるカシュを倒すためには、私が攻略対象者の方を誘惑した方がいいと思うんです」

「ん？　うん。却下だね」

心の声が聞こえない。そして即座に却下されてしまった。

私をアシェル殿下は抱きあげると膝の上に乗せ、そして私の髪を耳にかけ、そしてその手は私の頬に触れた。

菫色(すみれ)の美しいアシェル殿下の瞳が、私の視線と重なる。

「アシェル殿下？」

最良の策は、チェルシー様に負けないようにし、カシュをどうにかして倒すことだと思ったのだけれど、アシェル殿下は笑みを消して、私の頬に唇を寄せた。

突然の事に私は身を硬くし、触れた唇の柔らかさに、心臓が爆発しそうなほどに脈打つのを感じた。

「あ、えっと、あの」

アシェル殿下は真っすぐに私を見つめて、それから今度は私の額へと唇を寄せる。

リップ音が聞こえ、それから私の頭をアシェル殿下の大きな手が優しく撫でる。

背筋が何だかぞわぞわとして、恥ずかしくて、私はドキドキと鳴る心臓の音がアシェル殿下に伝わるのではないかと思った。

これまで男性に触れられるのは嫌悪感しかなかったけれど、アシェル殿下に触れられたところが熱い。

「ほら、こんなにすぐに顔を赤らめて、瞳を潤ませるっていうのに……どうやって他の男を誘惑するの？」

『エレノア。僕だって怒るよ』

突然どうして怒ってしまったのだろうかと、アシェル殿下を見上げると、アシェル殿下が少しだけ眉を寄せ、私の手を取るとその指先に口づけた。

「本当に、可愛すぎるのも、鈍感すぎるのも罪だよ」

『エレノアは自分が魅力的で、美しくて、懇願して手に入れたくなるほどの女性であることを自覚した方がいい。僕は君を離すつもりはないよ。少しでも隙を見せれば、君は誰かに攫われそうで怖い』

攫われる？

私はアシェル殿下の婚約者なのに、誰に攫われると言うのだろうか。

それに、私が攻略対象者の好感度を上げないと、この世界はどうなるか分からない。

「ですが、あの、私が好感度を上げることで」

「エレノア。あのさ、多分転生者はみんな勘違いしていると思うんだよ」

『まず間違いなく勘違いしているよ』

「え？」

意味が分からなくて私が首をかしげると、アシェル殿下は言った。

「現実的に考えてみて。好感度というものをあげて、カシュになんで勝てるの？」

『どう考えてもおかしいでしょう』

はっきりと告げられた言葉に、私は目が点となった。何故ならば、アシェル殿下の言うとおりだからである。

そもそも前回だって好感度など上げていない。

そして何より、好感度を上げたからといってカシュにどうして立ち向かえると言うのであろうか。

もしかしたらゲームの補正で攻略したキャラ達が何かしらの能力を発揮したり、ヒロインが光の力を目覚めさせてカシュを倒すなどの展開はあるかもしれない。

ただ、現状把握している攻略対象者達は地位の高い人ばかりで、実戦に立つような人達ではない。

そして私は悪役令嬢で、ヒロインではないので光の力を目覚めさせるなんてこともないだろう。

私は目を瞬かせ、それから視線を泳がせてもう一度可能性はないか考えてみるものの、思いつかない。

そんな私の様子にアシェル殿下はくすりと笑みを浮かべる。

「ほら、思いつかないでしょう？　他の転生者達にもいろいろと話を聞いたけれど、僕はその略奪ハーレム乙女ゲームなるものを根底として考えているからだと思うよ」

『現実的に考えてさ、男性を魅了して心を奪ったからって、解決するものではないよね？　それに、僕はエレノアが他の男に色目を向けるなんて、嫌だよ。むうぅ。ごめん。考えるだけで本当に嫌だ』

アシェル殿下の言葉に、私は確かにそうだなと思い至る。そしてそれと同時に、アシェル殿下のやきもちに、確かに自分もアシェル殿下が他の女性に目を向けると思うと嫌だなぁと思った。

たとえ演技だとしても、自分以外の人を見つめるアシェル殿下など見たくない。

独占欲。

今まで私は孤独だったというのに、今ではアシェル殿下がいてくれて、そしてアシェル殿下を独占したいとまで私は思っている。

「私も……私もアシェル殿下が、他の誰かを見るのは嫌です」

そう伝えると、アシェル殿下はきょとんとした顔をした後に笑った。

「うん。じゃあ僕達はお互いに独占欲が強いっていうわけだ」

『ふふふ。エレノアに独占してもらえるなんて、光栄なことだね』

私達はお互いに笑い合い、そして私は膝の上にせっかくいるのだからと、アシェル殿下の胸にこてんと頭をもたげて、少しだけと思いながらその心地よさを感じた。

『ちょっとまってぇ～。何それ。何それ。かーわーいーいーい！』

アシェル殿下の心の声は聞こえるけれど、私は今のこの心地の良い時間を満喫したくて少しだけ目を閉じて聞こえないふりをした。

だって、聞こえたと分かったら、アシェル殿下から離れないといけないかもしれないから。

ちょっとだけ。

私は不安が去り、心地の良い時間を過ごしたのであった。


ダミアン様とオーフェン様には、魔術具にてアシェル殿下と話したことを伝えると、納得していたようだった。そして、自分達が既に転生者としてあたりをつけられていたことに驚いていた。

アシェル殿下はやはり有能な方なのだなと私は思ったのであった。

私はそれから何度かダミアン様とオーフェン様と顔合わせをする機会を得た。

アシェル殿下から許可を取り、私は自分に出来ることはしていこうと思ったのだ。

ダミアン様もオーフェン様も魔術師として働いているので、日常はかなり忙しいようであった。

そんな中時間を作ってもらっているので感謝していると、二人には逆に感謝された。

「エレノア様のおかげでサボれるのでこっちとしては万々歳です」

『まままままま魔術師はブラックだよ。純度マックスのブラックだよ』

目の前で二人はおいしそうに用意された紅茶と菓子を口にしている。

「本当にそうよぉ。私ったら、もう最近お肌の調子も悪くって嫌になっちゃう」

『この世界、化粧品はまだ発展途上なのよねぇ。そのうち自分で作ろうかしら。うふふ。異世界に転生したら定番よねぇ～』

二人共楽しそうなので私は一安心しながら、気になっていたことを尋ねた。

「あの、ちなみにお二人は攻略対象者なのですよね？」

二人はその言葉にうなずくと、何とも言いたげな表情でため息をついた。

「僕達、隠れキャラなんですよ」

「そうそう。ほんっとうに、なんていうか、微妙なキャラよね」

心の声をそのまま出しているのだろう。早口になった二人は、そう言うと大きくため息をついた。

「しかもなんかセットで描かれていて、ヒロインが魔術師に興味をもって魔術研究室に行かないと出会えないキャラなんです」

「ほら、アップデート前に王城がナナシによって侵入を許したでしょう？　だから王城で対策を取るために魔術師は必要不可欠。それでできたキャラなのよ」

二人はおそらくとても仲がいいのだろう。まるで主婦の井戸端会議のような雰囲気で、会話が続いていく。

「もうちょっと重要なキャラだったらよかったのですが、なんと言ってもアップデート前のキャラの好感度が高すぎて、追加キャラが出しにくかったんだと思います」

「本当に、ゲーム会社のせいで私たちもいい迷惑よねぇ～」

それにしてはとても楽しそうな二人は、そこで小さくため息をついた。

「こんなことは覚えているのに」

『重要なことが分からないんだよなぁ』

「ほんっとうに、どういうことなのかしらねぇ」

『これがゲーム世界における矯正みたいなものなのかしらねぇ』

二人の言葉に、私はもしこの世界に矯正する力があるとするならば、チェルシー様はどうなのだろうかと疑問に思う。

私を含め、皆がゲームの記憶の重要なところは記憶が曖昧なように感じる。

なのに、チェルシー様だけがしっかりと記憶している。

何故なのだろうか。

私は自分の中に生まれた疑問について、ダミアン様とオーフェン様に話した。

「あの、私達の記憶が曖昧なことに対して、チェルシー様はとてもよく覚えているんです。どうしてなのでしょうか」

二人は少し考えると、ダミアン様が口を開いた。

「いつ思い出したのかも理由の一つかと。それに、このゲームのこととかを元からよく知っていたことやヒロインという立場もよく覚えている要因の一つかもしれません」

その言葉に、私が首をかしげるとダミアン様は懐から紙とペンを取り出すと、それに時系列を段りがいていく。

「仮説でしかありませんが、いくつかの条件をチェルシー嬢は満たしたのかもしれませんね。前世の記憶を生まれながらにして持ち、自分が主人公であることを生まれてすぐに自覚し、そして乙女ゲームの世界だと認識したうえで生きてきた。そうしたことがよく覚えている一つの要因なのかもしれません」

たしかに、自分がやりこんできたゲームの世界に転生したことを生まれながらにして覚えていて、自分がヒロインであれば、なおのこと記憶を忘れまいとしたのかもしれない。

物語を覚えておかなければ、ヒロインとしてどうやって行動したらいいか分からないから。

私はその仮説に納得し、その日のダミアン様とオーフェン様との面会は終わりとなった。

第八章　カシュ・チェルシーとの戦い

それから数日後、私は借りていた本を返すために図書館へと向かった。基本的に空いている時間の私の楽しみはアシェル殿下と一緒に過ごしたり本を読んだりという事に充てられている。

ただ、今日はいつもとは少し王城内の雰囲気が違う気がした。

図書館に入ると、紙とインクの匂いがして、それを胸いっぱいに吸い込むと少し幸せな気持ちになる。私は読むと気持ちがすっきりとするので、今日はなにを読もうかと楽しみにする。

一冊一冊が、誰かが一生懸命に何かを伝えるために書き上げたものである。

私は借りていた本を返した後、今日は何を読もうかと本棚へと視線を移した時であった。

また、ノイズのようなものが頭の中で響いて聞こえる。

一体なんだろうかとあたりを見回すと、窓際の席に、ノア様が本を読んでいる姿を見つけた。

ただその横には、見たことのない侍女が控えており、私は王城に滞在する間にノア様のお世話をする人なのだろうかと疑問に思う。

けれど、どこか違和感を感じた。何かがおかしくて何かが違う。

ただその違和感の正体が分からず、私はノア様へと挨拶に向かった。

「ノア様。ごきげんよう。今日は何の本を読んでらっしゃるのですか？」

声を掛けるとノア様は視線をあげ、それから微笑みを浮かべると立ち上がり、私の手を取って口づけた。

「エレノア嬢。こんにちは」

ノア様が微笑みを浮かべているのだけれど、それになぜか私は背筋が寒くなる。

今まで挨拶に手の甲にキスなどすることがなかったノア様が、どうしたのだろうかと思う。

「ノア様？　あの……」

雰囲気があまりに違う。私はどうしたのだろうかと尋ねようとしたけれど、横にいた侍女を見て、動きを止めた。

なんだろうか。

違和感を覚える。

この違和感の正体は何なのだろうか。

「エレノア嬢。おすすめの本を教えてもらえないか？」

私は違和感の正体が分からないまま、ノア様が好きそうな本を思い浮かべ、そして棚からとると差し出した。

「こちらはどうですか？　ノア様ならば興味を持ってもらえる、かと」

ノア様の瞳を見た。

ぞっとした。

あぁ。違和感の正体はこれだった。

ノア様の瞳ではない。

私は、顔に笑みを張り付けたまま、自然に見えるように本の紹介を行った。

「これは、遠方の農業について書かれたものでして興味深いかと思います」

頭の中で、警笛が鳴り、出来るだけ早くこの場から離れようと、私は口を開いた。

「では、私は本を返し終わりましたので、失礼いたしますね」

一礼して去ろうとした時であった。

ノア様に手を取られ、私は足を止めた。

「エレノア嬢」

「はい？　どうか、なさいましたか？」

笑顔で振り返りそう答えると、ノア様にぐいっと腕を引かれ、体が密着するのを感じた。

赤い瞳が私の事を飲み込むように見つめてきたかと思うと、ノア様の手が私の頬に触れる。

「……この、香りは？」

「え？」

その瞬間、ノア様の瞳が私からそれて近くに控えていた侍女へと向いた。

「……おい」

低い声が響いて聞こえる。私は未だにノア様に体を抱かれているような状況であり、どうやってこの腕から逃れるか考えていた。ただ、最悪の事態が頭をよぎり、私はスカートのポケットに忍ばせていた魔術具をばれないように起動させた。

「……この匂いは何だ」

ノア様の言葉の意味が分からず、視線を侍女へと向けると、侍女は静かに言った。

「匂い？　なんのことでしょうか」

『あららら。もう気づいちゃったの？』

「……はぁ。そうだよなぁ。サラン王国から匂いがしたと思ったのに、お前から突然匂いがし始めておかしいと思っていたのだ。……騙したな」

二人の会話が見えない。ただ、私はどうにか声を絞り出した。

「申し訳ありませんが、この後用事がありますので、放してくださいませ」

そう言って腕から逃れようとしたけれど、ノア様が腕に力を入れ、私の力ではびくともしない。

「あの！」

私がノア様を見つめると、ノア様の赤い瞳が私をまた見つめてくる。それはぞっとするほどの視線で、私は怖くなる。

「おかしい……惑わされないとは。ふふふ。ふははははっ！」

笑い声をあげるノア様は、いや、ノア様を語る何者かは、続けて言った。

「なるほど、俺がたばかられていたのか……まぁいい。本物はお前だ。私が欲しかったのは、お前だ」

『ふっ。チェルシーめ。この女の匂いをどうやってか奪い、自分につけていたのだな。はぁ。チェルシーの匂いに心地よさを感じていたというのに、本物に会ってしまえば、こちらの方が断然俺の理想だ』

私はその心の声に、以前匂いを抜き取られた目的を知る。

チェルシー様が言っていた悪役令嬢の特典とは、もしかしたら私の匂いのことなのかもしれない。

そして立場が入れ替わったからこそ、その特典が必要になった。

だから私の匂いを抜き取ったのか。

「お前は我のものだ。この香り。はぁぁぁ。今まで我が求めていた香りはお前だったんだ。喜び、我に身を捧げるだろう？」

『この匂いだ。はぁぁぁ。落ち着く』

私はその言葉に、やはりこの人はノア様ではないと睨みつけて言った。

「貴方の物？　香り？　意味はわかりませんが、私が貴方に身を捧げることはありませんわ。私は、アシェル殿下の婚約者ですから」

「アシェル……あぁ憎いなぁ。あの小童め。いいだろうでは、あの男を最初に殺してやろう。そしてお前は、我カシュの物になるのだ」

カシュ。やはりそうだったかと思う。違和感を覚えたことは間違いではなかったのだ。今その赤い瞳を見れば、それがノア様でないことは明らかに分かる。

ノア様はこのような視線を自分には向けない。

まるで物を見るような目であり、そこに感情は不必要であるというようなそんな視線。

ノア様の瞳とはまるで違う。

ノア様の瞳はいつも優しく、それでいて温かだ。

今の赤い瞳にはそれの欠片ほどもなく、冷ややかなものであった。

今のノア様はノア様ではない。

つまり、カシュに体を乗っ取られているのだと私は思った。

「ノア様を返してくださいませ！」

その言葉に、カシュは鼻で笑い、さもどうしてだとこちらを非難するような視線を向けてくる。

「こいつは、我に屈服したのだ。心に隙がある者はいとも容易い」

「え？」

屈服したという言葉に、私はそんなことはないと思う。ノア様は優しくて強い人だ。けれど。時折感じていたノア様の孤独、寂しさがカシュを付け込ませたのかもしれないと思う。

心に隙がない人なんていない。

その時、侍女が口を開いた。

「あーあ。本当はもう少し穏便に行きたかったのに、計画が台無しですわ。カシュ様」

姿はそばかすにみつあみの侍女であった。けれど少しずつその姿が歪み、本当の姿を現し始める。

ある程度予想はしていたけれど、やはりいざ目の前に現れると、これから一体何が起こるのだろうかという不安をあおる。見た目は可憐な少女なのに、どうしてこれほどまでに禍々しい雰囲気を纏うことが出来るのか。

「チェルシー様」

「エレノア様。ふふふ。本当はここから本格的にゲームスタートなんですよ？　まぁ、カシュ様が乗り移る体は好感度次第でしたけど」

「え？」

一体何のことだろうかと思っていると、チェルシー様は楽しそうに笑みを深めた。

「好感度が二番目で、それでいてヒロインの事を守ろうという気持ちを持った対象者。ノア様がそれに当てはまったようね」

『うふふ。可哀そう。好感度が二番目の役割ってノア様は運が悪いわねぇ』

その言葉に、私は目を丸くした。

好感度が二番目？　私の事が好き？

私はノア様との会話を思い出した。あの時、ノア様はなんといっていた？

『友達でいい。友達ならば、いつでもエレノア嬢の助けになれる。アシェル王子とエレノア嬢を祝福する立場に、俺はいたい』

頭の中にノア様の言葉が蘇り、そして私の言葉がノア様の友好的な好感度を上げ、カシュに体を乗っ取られるという苦しみの中へと落としてしまったのかもしれない。

私が友達になんてなりたいなんて言ったから。

「ご、ごめんなさい……ノア様、ノア様、ごめんなさい」

瞳から涙が溢れてくる。すると、ノア様の体でカシュが私の涙を指ですくう。

そしてそれをぺろりと舐めた。

「あぁぁぁぁ。これだ。俺が求めていたのは、これだ」

カシュはそういうと私が零す涙へと舌を寄せ、私は恐怖のあまり身を固めた。

私は、泣いてばかりだ。

いつも泣いて、そして結局誰かに助けてもらって。

私は唇を噛むと、涙をぐっと堪えた。

何をやっているのエレノア。私は悪役令嬢エレノアでしょう⁉　泣いてばかりなんて、ノア様が苦しい時に、アシェル殿下の守る国が脅かされている時に、何もできないままで本当にいいと思っているの⁉

自分を叱咤し、私は耳を澄ませた。

魔術具の通信機能を使って、おそらくダミアン様とオーフェン様に私の危機は伝わっているはずだ。そしてアシェル殿下ならばカシュを捕まえるために万全の態勢を整えてこちらへと向かってくるはず。

私が信じ、横に立とうと思ったアシェル殿下ならば絶対にそうするはずだ。

ならば私の役目はカシュとノア様を引き離す方法を考え、そして、ここに二人を引き留めることだ。

私はぐっと涙を堪えると、カシュに言った。

「……ノア様を返してくださいませ。それに、匂いとは先ほどから何のことですか⁉」

エル様も言っていた。

私からは匂いがするのだと。闇を引き付ける匂い。けれど前回の時にはカシュはそれを言わなかった。

そして先ほどのチェルシー様への言葉は一体何だったのだろうか。

私はカシュを睨みつけた。

「あぁぁ。生意気だなぁ。だが、この香り。はぁぁぁ。心が晴れるようだ。なぁチェルシー。一体これをどうやって隠していたんだぁ？　お前から香っていたあれは、どうやった？　我を騙すとは怖いもの知らずだなぁ」

その言葉にチェルシー様は大きくため息をつくと、私に言った。

「エレノア様ったら、ばれるのが早いわよ。私が何のために、貴方から匂いを奪ったと思っているの？」

『悪役令嬢の必須アイテム。闇を魅了する匂い。せっかく手に入れたのに。ここでバレるなんて……まぁ、ここまでくればいっか』

「奪った？」

「そうよ。ほら、これ。でも、もうだいぶ薄れてしまったわねぇ～」

『本来ならここからが本番で、体を奪われたノア様と一緒に城に潜入し、他のキャラや侍女に扮して悪役令嬢が心を奪っていくはずなのに、どうして上手くいかないのかしらねぇ～。本当にエレノア様はゲームクラッシャーだわ』

アプリゲームでは本来はここから物語が進行していくのかと思いながら、私が心の声が聞こえることで気が付いてしまい、物語の進行を狂わせてしまったらしい。

『他の攻略対象者の好感度、私全然奪えてないけど……まぁ今回はそれが目的じゃないからいっか』

その言葉に、私はどういう意味だろうかと疑問を抱く。チェルシー様は攻略対象者の心を奪う事が目的ではない？　ならば何が目的なのだろうか。

チェルシー様は自分の腕を私へと見せてくる。そこには薔薇の痣がだいぶ薄れて残っていた。

一体何の目的があって私の匂いなるものを奪ったのかも分からない。

チェルシー様は肩をすくめると、カシュに悪びれた様子もなく言った。

「私は貴方様が愛おしいの。カシュ様。だから貴方様に好かれたかったの」

『うふふ。可愛いカシュ様～』

その言葉をカシュは鼻で笑った。

「偽物は不必要だ。我に必要なのは、この女だ」

いったい自分からどんな匂いがするのだろうかと私は思う。チェルシー様を見ると、顔を歪めてそれからまた笑みを浮かべた。

「それでも、私は貴方と一緒にいたいと思うわ。うふふふふ」

カシュは興味をなくしたかのように視線をチェルシー様から私へと移すと、私のことをじっとのぞき込む。

私は負けじと見つめ返して言った。

「匂いというけれど、その匂いがなんだというのですか？　それに、ノア様を返してください！ノア様は私の大事な友人です！」

私のせいでノア様はカシュに乗っ取られたのだ。だから、私が絶対に取り戻さなければならない。

「我はこの世界の全てが気に入らない。太陽も、光も、匂いも。だが、お前は違う。お前の匂いは、何故か惹かれる。一緒にいると、心地がいい。あと、この男はお前を手に入れるためには必要不可欠だ。元の体では、お前に触れればお前が腐り落ちるからな」

またノイズのような音が私の耳に響いて聞こえた。

私はこのノイズがカシュから聞こえてくることに気が付いた。

もっと集中すれば何かが聞こえそうな気がした。

耳は集中しながらも、私は言葉を続けた。

「体が必要？　ならばノア様ではなく人形に入ったらいいではないですか！　生きている人間に入る必要などないでしょう？」

その言葉にカシュは大きな声で笑った。あまりにも大きな声で笑うものだから私は驚いてしまう。

「ぬいぐるみにでも入ってお前に抱かれておけとでも？　まぁそれも楽しそうではあるが……せっかく人間の体に入ったならば、お前と恋に落ちるのも一興だろう？」

「え？」

恋に落ちる？

私は突然の言葉に驚いていると腰をぐっと引かれて抱きしめられる。

「ほら、人間の体ならばお前の事をこんなにも抱きしめられる。お前だってこのノアという男のこと、それほどまでに体を取り戻そうとするのだから、まんざらでもなかったのだろう？」

「まんざら？　何を言っているのですか。ノア様は友人です！」

「友人になれるのだから恋人にもなれるだろう？　人間は男と女で恋愛をするのだろう？　ならば、

我も」

『……かつてあの女が望んだように』

ノイズがはっきりと聞こえた。

私はもう少し集中すればカシュの心の声まで聞こえてきそうなところまで来ていた。

どうしてこんなに聞こえにくいのかは分からなかったけれど、確かに聞こえた。

『我は人間へ近づける。っは。我が人間にはなれない？　いや、我だってなれる。この女の匂いには惹かれるのだから……あぁ、懐かしい。あの女の匂いだ』

頭の中には人間になろうとするカシュの考えや、それと同時に一人の女性が頭をよぎっていく。

誰なのかは分からない。

とぎれとぎれで映像が頭の中に流れ込んでくるようであった。ただ、それはかなり薄れて、ノイズが混じっていた。

ただ、カシュの頭の中はその女性との思い出が溢れていた。

今のような異形ではなく、まだカシュは小さかった。

『カシュ』

何度も、何度も森の中で女性がカシュを呼ぶ。けれどその思い出は炎で包まれ、そして何も見えなくなった。

なんと悲しい生き物なのだろうか。

「お前は我の物だ」

『こいつがいれば、あいつの気持ちが分かるかもしれない……あいつは愛しい男が出来たと我から去った……あぁっぁぁぁぁ。懐かしい匂いだ。あぁぁぁぁ』

略奪ハーレム乙女ゲーム。

私は頭の中で、アップデート後の物語を想像してしまう。

カシュは、恐らく悪役令嬢が望むように男を手に入れるために物語で力を貸したのかもしれない。

愛しい女の匂いがするからと、悪役令嬢エレノアがそんなカシュの心を操る姿を私は想像してしまう。

闇と呼ばれ、人々に忌避される存在が、こんなに哀れな存在だと誰が知っているのだろうか。

それを知ることが出来たのは、悪役令嬢エレノアと私だけ。

心の声が、思い出が見えたから。

「……私は、貴方が求める人ではないわ」

「なんだと？」

『この女、何を言っている』

その時であった。突然図書館内に青白い魔法陣の光がいたるところで光り始め、そしてカシュの足元が光った。

アシェル殿下の心の声が私には響いて聞こえた。

『エレノア！　今行く！　僕を信じて！』

「なんだ!?　くそが」

『こざかしい人間め！　突然どうして我の事がばれたのだ！』

図書館の壁や床全てに魔法陣が浮かび上がり、カシュはぐるるとうなり声をあげると声を荒げた。

「忌々しい！　我の邪魔をする気か！」

『あぁぁ。憎々しい。体がある代わりにこの城へ容易に侵入できたが、体があるからこそ力をうまく使えん！』

「もちろん。邪魔をするに決まっている！　エレノアは僕の婚約者だ！」

突然の事で、私もカシュも目を丸くした。

空間に浮かびあがった魔法陣の中から剣を振りかざしたアシェル殿下が現れると、カシュを切りつけた。

カシュはそれをよけるために体をよじり私の体を離した。切っ先がかすめていくが、それが木刀であったことにカシュは気づくと舌打ちをした。

私の体をアシェル殿下は空中で受け止めて抱き抱えると、空間に浮かぶ別の魔法陣へと飛び込む。

「くそがぁぁぁぁあ！」

『人間めぇぇ！』

私は驚きと共に、世界が反転するようなぐらりとした感覚に目を見張った。

まるで自分がよじれるような、気持ちの悪い感覚がその後に襲ってきたかと思えば、私は図書館から外へと移動していた。

「エレノア！　遅くなってすまない。エレノア救出完了！　第一部隊前へ！」

アシェル殿下は侍従へ木刀を渡して腰から剣を抜くと、他の者達へと声をかけていく。

あたりを見回せば騎士達が集まり、第一部隊と呼ばれた人々が図書館へと魔法陣を通じて飛び込んでいく。

次の瞬間、図書館の窓が割られ、そこからチェルシー様とカシュが飛び出てきた。

私はそこでここが図書館の外の庭であることを把握した。

中庭からは少し距離のある場所で、王城の真横に位置する場所であった。

「くそがぁぁぁ！　その女は我の物だ！」

『こざかしい人間が！』

「カシュ様〜。元々の計画からずれちゃってますよぉ〜」

『カシュ様ったら、はぁぁあ。もう。仕方ないわねぇ。まぁでも想定の範囲内よ。うふふ。だって、私が求めるものに最後は行きつくのでしょうから、私はそれでいいわ。まぁでも、物語は盛り上げなくっちゃね！　さぁ、異教徒達の出番よ〜』

次の瞬間、チェルシー様は空中で小瓶を取り出すと、それに自分の血を混ぜて空中で砕いた。

赤く光り輝いたそれは次の瞬間禍々しい扉を生み出した。

「さぁ、戦いの幕開けよ」

『うふふふ。こっちにだって手駒はいるのよ！』

魔法陣から次々と黒い衣装を身にまとった頭にはぎょろりとした目玉の装飾をつけている者達が現れた。

その手には長い爪の武器がはめられており、次の瞬間、ぎょろりとした目の装飾が赤く染まった。

赤く染まった途端にそれぞれがカタカタと人形のように音を鳴らし始める。

「カシュ様の近くにいすぎて、ちょっと壊れちゃったみたい。異教徒というより、もう人形ね」

『うふふふ。闇に近づこうなんて考えること自体おこがましいことだったのよねぇ』

人間を大切に思わないその様子に、チェルシー様は何も変わっていないのかと私はぐっと唇を噛んだ。

そしてカシュがこちらへと向かって翼を広げて飛んでくるのが見えるが、アシェル殿下と私の前には、魔術師達が並んでおり、そこにダミアン様とオーフェン様もいた。

どうやらここで迎え撃つらしく、緊張が走った。

「エレノア様！　遅くなり申し訳ありません！」

『あああ大変だよ。ほほほ、本当にさぁぁぁ。っていうかこれ本当にあのゲームの世界なの？全然違うんだけど！　もう略奪ハーレム乙女ゲームどこいったのさ！』

「魔法陣、第一陣展開！　エレノア様！　お待たせしました！」

『ひゃぁぁぁっ！　ファンタジーの世界すごいわぁぁ！　そうよ！　乙女ゲームっていうよりファンタジーものじゃない！　もう！　嫌になっちゃうわ』

魔術師がこんなに集まっているのを初めて見た。というか魔術自体見たことの方が少なく、私はその光景に目を丸くした。

空中に魔法陣が光り輝き、それは白銀色の稲妻を放ちながら、カシュや現れた異教徒達を押さえつけるために大量に現れる。

弓部隊が後方より弓を放つ。だがそれは全てカシュの背中から生える巨大な翼によって風圧で落とされた。

ハリー様がいつも以上に大きな声で騎士達に指示を出している姿が見え、私もさすがに今はいつもの声は聞こえなかった。

緊迫している状況であり、ハリー様自身も声を荒げている。

空中にはカシュとチェルシー様が、地上には魔術師達と騎士が、後方には弓部隊が控えている。

この状況になってもなお、チェルシー様は楽しそうに笑みを浮かべており、怒りに任せてこちらへと襲い来るカシュを見守っているようであった。

どうしてあれほど余裕を持っていられるのだろうか。

その時、アシェル殿下に私は両肩を掴まれると鬼気迫った声で言われた。

「エレノア！　君は狙われている。妖精の国へと避難要請を出したから、そちらへと避難してくれ！」

『ここにいては危ない！　早く避難を！』

避難？　その言葉に私は同意しようと頷こうとしたけれど、そこでまるで激流のように心の声が大量に流れてくるのを感じた。

『なんだあれは！　怖い。怖い。怖い！　だが、俺達がここで頑張らなければ！』

『死にたくない。だがここで守らなければ家族がどうなるかわからん！』

『闇ってなんだよ。人間は、人間は弱い。怖い。怖い。怖い！　だけど、俺は騎士だ！　怖いけど騎士として、他の者達を守らなくちゃならないんだぁ！』

騎士達、魔術師達、それぞれが恐怖を抱きながらも戦い、守るために逃げることなく立ち向かっている。

ここで私が逃げて、もしカシュが違う場所へと被害を広げたり、逃げられたりしたら？

もし妖精の国まで被害が及んだら？

私は気合を入れると、首を横に振った。

「私はここにいます！　私を狙っているのであれば、私を追いかけてくるかもしれません。そうなった時に他に被害をだすわけにはいきません！」

「エレノア。お願いだから言うことを聞いて」

『逃げてくれ』

「いいえ。私は行きません」

私の声にアシェル殿下は口惜しげに表情を歪めると言った。

「なら、僕の近くにいてくれ」

『くそっ！　逃げてほしい。僕は君に安全な場所にいてほしいのに、あぁぁ！』

いらだつアシェル殿下の気持ちを感じながらも、それでも私は譲らない。

最悪、私が誘拐された方が被害は最小限に防げるかもしれない。

私と国への被害を比較すればそれは明確である。

アシェル殿下と肩を並べてこの国を守っていくという事は、自分よりも国を優先するという事。

だからこそ私は、ここから退く気はなかった。

「ふははははは！　我に敵うとでも思っているのかこざかしい人間めが！　肉体を得た今、以前のようにはやられぬぞ！」

『絶対にあの女だけは連れて帰る！』

カシュは手から黒い液体を飛ばす。それは地面に落ちる度にジュっと音を立てて地面を腐らせていく。

植物は枯れ、花達は首をもたげる。

腐敗臭があたりに広がり、毒々しい煙があたりに立ち込め始めた。

騎士達を狙ってなのか、小さな人型の影まで現れ始め、前線では魔術師達に防御してもらいながら騎士達が剣を振る。

その時であった。そんな煙が空へと花弁と共に舞い上がり、空気が一瞬で澄んだものへと変わった。

まるで地獄が一瞬で天国へと変わったようなその光景に、私が視線を走らせると、そこには中庭の精霊のエル様がいた。

その瞬間、チェルシー様が心の中で歓喜する。

『きたぁぁあぁぁ！　乙女ゲームのシナリオはかなり一気に飛ばされちゃったけど、さぁイベントの始まりよ！　さぁ、頑張って封印までいけるかしら〜』

一体何のイベントだろうかと思った時であった。

「エレノア！　危ない！」

「え？」

エル様に気を取られ、そちらへと視線を向けていたのが悪かった。

地面から突然黒い蔓(つる)のようなものが現れると、私の体へと巻き付き、地面の黒い沼に体が飲み込まれる。

アシェル殿下の手が私を掴み、アシェル殿下も一緒に沼に落ちていく。

『エレノア!』

沼の中で、アシェル殿下は私の事をぎゅっと片腕で抱きしめて守ろうと必死になってくれている。

『大丈夫だよ。エレノア。絶対に僕が守るから』

アシェル殿下は片手で剣を構え、深淵の底のような空間ですら私の身を守ろうとしてくれる。

この人はどこまでいっても誠実で真っすぐな人だ。私だって、守られるだけではなく、守れる存在になりたい。

どうやって?

私は自分に出来ることを考えながら耳を澄ませた。

大丈夫だ。私はこれまでだって何度も苦しい場面には出くわしてきた。だから、私に出来ることをしなければいけない。

「カシュ」

私は名前を呼んだ。この深淵へと私を招いた張本人の。

そうすれば、心の声はいつでも私の耳に届くのだから。

『ふははは!　やはり恐怖に染まれば人間は我に救いを求めるのだな!　あの時のあの女もそうだった!　燃え盛る炎の中、我を求めた!』

声が聞こえた方向へと私は顔を向けると、アシェル殿下にそれを視線で伝えた。

アシェル殿下はうなずくが、私達を引き裂こうと深淵の中で黒い蔓が蠢き、私の体に絡みつくとその体を声がする方へと引き上げようとする。

『エレノア、目をつむっていて！』

私はぐっと瞼を閉じると、眼前すれすれで剣が空気を切る気配を感じた。それと同時に悲鳴が聞こえる。

『ぐわあぁぁぁっ！　くそ！　邪魔な人間め！』

『エレノア行くよ！』

アシェル殿下は私から黒い蔓を引き離すと、私の腰を抱き、まるで泳ぐように深淵の中を声のした方向へと泳いでいく。

そして、私とアシェル殿下の視線の先に、大量の花弁が舞い落ちてくるのが見えた。

「っはぁ！」

「ふっはぁ」

私達は息を求めるように暗闇から飛び出すと、大きく息を吸い、そして自分たちが花弁に包まれていたことに気がついた。

アシェル殿下と私の周りには大量の花弁があった。空を見上げれば、先ほどまでの晴れた空は消え失せ、真っ暗闇に包まれている。

「エル様！」

私は顔をあげると、エル様を呼んだ。すると、エル様が私の横に現れ、ふっと笑みを浮かべる。

「よくあの深淵から二人そろって戻ってこられたものだ。頑張ったな」

『良かった。それにしても、あの闇は臭いな。人間の業が生み出した存在か』

人間の業？

『人間の手によって、人の恨みつらみを植え付けられたのだろう。哀れなものだ』

私はそのエル様の心の声にぞっとした。そしてエターニア様の言葉を思い出す。

本来闇という存在は長い年月をかけて大きくなっていくけれどそれが今回の闇は一気に成長したというような話をしていたではないか。

つまり、カシュは人間によって、その体を大きくしたのだ。

アシェル殿下は剣を構え、私を背にかばうと視線の先にいるカシュを睨みつけた。

カシュは口惜し気に眉を寄せると、声を荒げた。

「俺の名前を呼んだと言うのに、まだその男に未練があるのか。あぁ忌々しい。ならばアシェルの体を乗っ取ってやればよかった。こんな男の体ではなく！　そうだ、あの男の体に乗り換えよう！　こいつを捨てて、あの男に！　そうすればエレノアは手に入れられる！」

『何故手に入らない⁉　くそっ。あの女が欲しい。あの匂いを、もう一度』

アシェル殿下が危ない。私はそう思い視線をアシェル殿下へと移した時、今まで動きを一切見せなかったチェルシー様が竜の翼を大きく羽ばたき、私達との距離を詰めると、エル様の花弁を一気に吹き飛ばした。

「さぁ！　楽しくなってきたわね！」

『あははは！　面白いわ。ふふふ。ラストまであと少しよ！』

チェルシー様の起こした風は刃のようで、地面をえぐり、そして私に向かってくるのが分かった。

「エレノア！」

アシェル殿下が私の腕を引き、そして私の体をエル様の方へと突き飛ばした。

「アシェル殿下⁉」

私を庇って、アシェル殿下がチェルシー様の攻撃によって吹き飛ばされたのが見えた。

「あはははっ！」

『自由自在に体を変えられるって面白いわねぇ～。さぁ！　攻略対象好感度一位様運びまぁ～す。ちょっとした物語の差異は私が埋めてあげればいいのよ。ふふふ』

次の瞬間、チェルシー様の足は竜のかぎづめのように変化すると、それでアシェル殿下の体を掴み上げ、攫って行く。

「アシェル殿下！！！」

私は手を伸ばすが、チェルシー様はそのままカシュの方へと連れて行ってしまう。

「よくやったチェルシー！　ははは！　これでエレノア、お前も心置きなくこちらへとこれるだろう？」

ノア様の体が黒い煙で包まれたかと思うと、次の瞬間ドロリとしたものが体からあふれ始めそしてぎょろりとした目が見えた。

それは体から這い出てくると次の瞬間アシェル殿下の体へと入っていく。

「だめぇぇぇぇぇ！」

ノア様の体は地面へと落ちる瞬間、エル様が花弁で受け止めてくれた。

けれど、アシェル殿下の体はカシュに飲み込まれ、そして、今、アシェル殿下の体が動き始めた。

「っはぁぁぁ。あぁ、この体もいいいな」

『これでエレノアは我の元へ喜んできたくなっただろう？』

私のせいだ。

私のせいでアシェル殿下が奪われてしまった。

体が震え、そんな私の体をエル様が支えてくださるけれど、自身の心が悲鳴を上げているのが分かった。

怖い。

アシェル殿下をもしかしたら失うかもしれないと思っただけで、すごく、すごく怖い。

泣いてはいけないのに、今は泣いている場合ではないのに、涙が溢れてしまう。

「エレノア。闇に隙を与えるな」

『あぁ。この子にとって唯一は心の支えだというのに』

喪失感が私を包み込み、恐怖が胸に渦巻く。闇に隙を見せてはいけないと以前エル様に言われたけれど、けれど、アシェル殿下を失うかもしれないということは私にとっては一番の恐怖だった。

「さぁ、エレノア。ほら、お前の愛おしい男の体だ。これで我の元へと来る気になったか？」

『ははっ。隙が生まれた。そうだ、ほら、我の手を取れ』

カシュの声が耳の中を木霊していく。

心が闇に隙を与える。けれど、それでもアシェル殿下を失いたくなくて、私の心は悲鳴を上げ続けていた。

嫌だ。アシェル殿下を失いたくない。

大好きな人を、失いたくない。

その時、心の声が聞こえた。

『エレノア!』

私は顔をあげるとカシュを見た。アシェル殿下の体を使い、歪な笑みを浮かべている。

いつもの優しい微笑みではないそれは、私の胸を押しつぶしそうになる。

けれど、確かに今、アシェル殿下の心の声が聞こえた。

『エレノア。ごめん。でも大丈夫だよ。僕だって負けない。今にこの体を取り戻すから、だから、だから泣かないで』

「アシェル……殿下?」

『そうだよ! 僕は負けないよ。エレノア、絶対にこの体を取り戻す』

その声に、私は、こぶしを握り締めて、へたり込んでいた心を奮い立たせる。

アシェル殿下が頑張っている。ならば私だって頑張らなければいけない。

カシュなんかに負けてはいけない。

『エレノア、体を乗っ取られて気づいたけれど、こいつの声をよく聞いて。なんだか、おかしい気

がするんだ』

私は頷いた。頑張らなければ。

アシェル殿下を私は絶対に取り戻すのだ。

カシュの心の声に集中してみると、確かにおかしい。幼く、それでいて、カシュの心の声が何故か震えているように感じた。

私が視線をエル様へと向けると、エル様はため息をつきながらカシュを見て言った。

「哀れないきものなのだ……」

『エレノアの香りを求めているのだろう。確かに、惹かれる香りだからな。純粋で、真っすぐな……おそらく、誰かと重ねているのだろう』

カシュの方からは悲鳴のようになった心の声が聞こえてくる。

『あぁぁぁぁっ！　あの匂いがあるというのに、どうしてだ！　人間になっただろう！　人の形だ！　人間は人間に恋をするのだろう！　我は、我はもう一度あの匂いを手に入れたい……手の中で弾けて消えてしまった、あの匂いを』

手の中で、弾けて、消えた？

カシュの心の声が聞こえた次の瞬間、私の目の前は炎に包まれた。

炎が立ち上るのはおそらく人々が暮らしていたであろう場所と森であり、そしてその炎は熱風を纏って吹き荒れていた。

一体何が起こっているのかと周囲を見渡した時、炎を崇めるような集団が森の入り口にて祈りを捧げているのが見えた。

黒い装束を身にまとい、あたまにはギョロリとした目玉のような飾りをつけている。

「我らが主よ、どうか我らに道をお示しくださいぃぃぃぃ」

異様な空気が漂う場面に、私は一体なんだろうかと思って視線を追うと、森から一人の少女が歩いてくるのが見えた。

私はハッとした。

栗色の髪の毛の、それは夢の中でごめんなさいを伝えてくれと言われた少女だった。

少女の服は泥にまみれ、そして、黒装束の者達を憎々し気に睨みつけると、声をあげた。

「カシュ……ほら、貴方を神と崇める愚かな人間よ。うふふふ。ほら、ねぇ見える？　貴方の事を神だと思っているんですって」

『皆死んだ。皆死んだ。皆死んだ！　あぁぁぁぁぁぁぁぁぁぁ』

少女の声は悲鳴のようであった。

「貴方がいなければ、カシュ、貴方がいるからこんな奴らが村を焼いた。皆死んだ。皆よ。私の恋人も」

『あぁぁぁぁっぁぁあっぁぁぁぁっぁぁ』

「死んだ？　そうか。なら、お前はまた我の傍にいられるな」

「は？」

「良かったな。また一緒だ」

『あぁぁ。この心地の良い匂いとまだ……あれ？　匂いが……？』

カシュを抱いていた少女の瞳からは涙がぼたぼたと溢れ、それからカシュの事を見つめていた瞳は憎しみの色で染まっていく。

「お前を私が拾ったから、お前が異教徒の神だとあがめられるからだ！　お前が生まれてきたから！　私の家族は死んだ！　私の恋人は死んだ！　返せ！　返せ！　返せぇぇぇぇ！　お前のせいだ！　お前のせいだ！　お前のせいだあぁぁぁぁぁぁ」

『匂いが……弾けて……消えた』

カシュの心の呟きと同時に、少女はカシュを地面へと叩きつけた。そして、その瞬間にカシュの体から黒い四肢が伸び、体が膨張していく。

少女から呟かれた言葉が呪いとなってカシュの体に染みついていく。

少女は体から力が抜けたのか、その場に座り込み、そして、気を失うようにして倒れてしまった。

カシュの体を黒装束の者達は囲み、そして祈りを捧げるように何かを呟き始めた。そしてカシュは眠りに落ちたのか大きく見開いていた瞼を閉じて、神輿に乗せられ、どこかへと運ばれていくのが見えた。

「我らが主は、生贄によって体が大きく成長した。神殿に運び、生贄をさらに捧げなければ」

「この娘はどうする？」

「主様を一時は世話した娘だ。主様に免じて命は残してやろう」

そんな会話が聞こえてくる。

視線を少女へと向けると、小さな心の声が聞こえた。

『ごめん……貴方のせいじゃないのに。憎んで、ごめんなさい』

悲しい声だった。

『カシュ』

『ごめんね』

まるで心の声が浮かんでは消えて、私は不思議な感覚の中にいた。

そして目の前には少女がいた。

『私の声、聞こえる？　お願い。カシュにごめんなさいって伝えて。どうか、どうかお願い』

少女は小さな光になって私の目の前に輝く。それを私は指先で触れて、気づいた。

後悔と懺悔を含んだ、心の声。

カシュに伝えたかった心の声がずっと残り、漂い、そしてカシュには届かないままここにあるのだ。

私が小さく頷くと、それは消えた。


そして私の目の前には花弁が舞い私を守る盾となっているのが見えた。

『突然気を失うから心配した！　エレノア！　大丈夫⁉』

アシェル殿下の心の声が響いて聞こえ、そして視線を彷徨わせてから体を起き上がらせると、そこにはエル様が花弁を使い、カシュの黒い蔓のような攻撃から守ってくれているところであった。

地面に落ちた黒い何かは、じゅっと音を立てて草花を焦がしている。

「精霊がぁぁぁ邪魔をするなぁぁぁぁあ！」

周囲を見回せば、魔術師達が必死に攻防しながら、弓部隊がカシュに攻撃を仕掛けるもうまくいかず、地面がどんどんと黒い液体で焼かれているのが見える。ハリー様も必死に指示を出しており、いつもの穏やかな声はどこにいったのか、怒号をあげている。

「エレノア。あれはもうどうにもならない。消すのは難しい故に、封印するしかないだろう」

『哀れな生き物だ』

エル様の声、そしてそれにアシェル殿下も同意するように言った。

『魔術師達ともそうなるだろうと話をしていて、以前エターニア様から譲り受けた壺を持ってくるように伝えてある！　上手くいくかどうかは、分からないけれど』

以前妖精の国にてエターニア様から譲り受けた壺は、アシェル殿下にお願いをして一度魔術師達の元へと運ばれ、徹底的に調べられたと話を聞いていた。

不安が残る様子のアシェル殿下の元へとダミアン様とオーフェン様が魔法陣を展開しながら壺を抱えてこちらへと走って来た。

そして合流を果たすと、オーフェン様はエル様の横で魔法陣を展開し、ダミアン様は私達の前に膝をつき、息を切らしながら言った。

「蓋を開けば、向けられた対象を封印する仕組みとなっています。ただ、このままですとアシェル様も同時に封印することになるかと思います」

『どどどどうなっているんだよぉ！　早い！　展開が早すぎるぅぅぅ！』

「ダミアン！　さっさと渡してこっちに加勢して！」

『もう！　さっさと渡してきなさいよ！　ひぃぃぃぃ！　あつい！　何あの黒いの！　あっついんだけどぉ！』

ダミアン様はすぐに壺を私に押し付けると、魔法陣を展開する方へと加勢に加わる。

私は手渡された壺を手に、後ろからダミアン様とオーフェン様に尋ねた。

「どうにかアシェル殿下とカシュを引き離す方法はないでしょうか!?　ゲーム内ではどのように引きはがしたのか覚えていませんか!?」

ダミアン様は新しい魔法陣を作り上げながら言った。

「覚えてないんです！」

オーフェン様も同意するようにうなずいた。

「こんなことあったなぁ～くらいしか覚えていないのよぉ～」

二人の言葉に私は内心がっかりとしながら、頭の中では、アシェル殿下の体から引き離す方法はないだろうかと考える。

一体どうすればいいのだろうかと思った時であった。

私はカシュが攻撃する横で、こちらに向かってにやにやとした笑みを浮かべているチェルシー様が目に入った。

この世界のヒロインだからなのか、理由は未だに定かではないけれどチェルシー様はこのアプリゲームの事を本当によく覚えているようであった。

つまり、この後の展開も知っているかもしれない。

私は心の声を聞こうと全神経を耳へと集め、瞼を閉じた。

『うふふ。さぁ、エレノア様はアシェル殿下を見捨てるのか見捨てないのか、どちらの封印を成功させる道を選ぶのかしら』

その声が聞こえた瞬間、私は違和感を覚えた。一体何かと考え、そして気が付く。

チェルシー様はカシュが封印されるのは絶対だと思っているのだ。

倒される前提で頭の中で考えており、そして何より、先ほどの一件以来カシュに今は手を貸そうともしていない様子である。

『さぁ、エレノア様は精霊の真名を手に入れているのかしら。真名はアップデート前でも入手可能なはずだったけれど、手に入れていればアシェル殿下は助かるはず。うふふふ。真名を手に入れずに封印しようとすれば、アシェル殿下もろとも壺の中ねぇ～』

エル様の真名？

私は以前チェルシー様がエル様の中庭をうろついていたころに、確かに真名というものをチェルシー様が手に入れようとしていたことを思い出す。

私は瞼を開けると、エル様の方へと視線を向けて言った。

「エル様、アシェル殿下を取り戻す方法、何かご存じありませんか？」

何かないだろうか。

ハリー様も声を荒げ、アシェル殿下が指揮できなくなった場所に声をかける。そして他の場所へとカシュが移動しないように包囲できないか叫んでいる。

こんな状況で、本当にカシュをアシェル殿下から引き離し封印することなど出来るのであろうか。

私の言葉にエル様は振り返ると、少し考えてから口を開いた。

「エレノア。私の愛しい子よ。では私と契約を結ぶか？」

『真名で契約を果たせば、助けられるかもしれん』

その言葉に私はチェルシー様が言っていたのはこれだろうかとすぐにうなずいた。

アシェル殿下を救うことができる道があるのであれば、どうか手を貸してほしい。

「お願いします！　アシェル殿下を助けたいのです！　力を貸してください」

私達の声がハリー様にまで届いていたのか、ハリー様がぎょっとした顔でこちらを見て心の中で叫び声をあげた。

『ぼん、きゅ、ぼーーーーーん⁉』

もはやその呼び名が定着しすぎて、私はまったく違和感がなくなった自分が怖い。だが、とにかく今はアシェル殿下を助けなければ。

精霊と契約した人間についての書籍を私は読んだことがある。ただ、詳しくは書かれておらず、契約が果たされた者はごくわずかだということだった。

それでもエル様が力を貸してくれるのであれば、アシェル殿下を助けたい。

「わかった。では、私の手にエレノアの手を重ねてくれ」

『ふふふ。私としてはエレノアの精霊となれることは喜びか』

私はエル様の手に自分の手を重ねた。

エル様は私の額に自身の額をつけ、そして言葉を紡ぎ始めた。

「エーテル・ロ・ベアテルの真名において、エレノア・ローンチェストと契約を果たしたことをここに宣言する」

次の瞬間、私の額は熱を持ち、温かな何かが体を包み込んだ。

瞼を開けると、エル様は優し気に微笑みを浮かべた。

「妖精の祝福と精霊の契約か。エレノアは何とも稀有な存在だな。さぁエレノア。契約は果たされた。どうしたいのか、教えておくれ」

『そんな人間未だかつて、いたことがあっただろうか』

私は頷き、真っすぐにエル様を見て言った。

「アシェル殿下を助け、カシュを封印したいのです！　力を貸してください」

「わかった」

『あぁ。人と契約をし、力を貸すことの喜びはいつぶりか。人と契約を果たしたことで、私に世界との繋がりが生まれた。あぁぁ。力が、溢れる』

次の瞬間私の体は光の花弁に包まれ、そして私が一歩進めば、焼け焦げた地面が再び息を吹き返し美しい緑の芽が生まれ花が育った。

「さぁ進め」

『大丈夫だ。全てからお前を守ろう』

カシュは私の様子を見て、顔を歪めると声を荒げた。

「エレノア。この体でも我を拒むというのか⁉　何故だ⁉」

『なんで……なんで我を受け入れてくれないのだ⁉』

次の瞬間、その怒りをぶつけるようにカシュは私の事を攻撃し始めた。

黒い蔓や黒々とした毒々しい液体が私へと降りかかるけれど、エル様の花弁が私の事を守ってくれる。

心に恐怖心はなく、私はアシェル殿下を助ける為にエル様と共に進んでいく。

「カシュ、アシェル殿下を返してください」

真っすぐにそう言うと、カシュは唇を噛んで声を荒げた。

「嫌だ嫌だ嫌だ嫌だあぁぁぁ！　くそが！　我の物にならないのであれば死ね！　お前などもう不要だ！　お前などもういらん！　チェルシー！！！　この女を殺せ！」

『あぁぁあぁぁっぁぁぁぁぁぁっぁぁぁぁ』

声を荒げるカシュの後ろに控えていたチェルシー様は、にっこりと優しく微笑むと、カシュを後ろから包むように抱きしめた。

そしてチェルシー様は私の方を見て楽しげに言った。

「ほら、エレノア様、チャンスですよー」

『うふふふふ』

突然の事にカシュは目を丸くした。私は、チェルシー様は一体何のつもりなのだろうかと思っていると、カシュの体から黒い炎が燃え上がった。

チェルシー様も炎に包まれるが、まったく気にしていない様子である。

「チェルシー！　何のつもりだ⁉　お前も我を裏切るのか！　人間がぁぁあ！　エレノア！　死ね！　お前などもう不必要だ！」

『お前ごとき、燃やし尽くしてくれる！　人間など、人間などもうどうでもよい！』

体から暴れまわるように黒い物が溢れ出て、それはうねりをあげて巨大な口を開く。そして私を飲み込もうとする。

私は静かに、真っすぐにその瞳を見つめて言った。

「カシュ……ごめんなさいって、伝えてって頼まれたの」

次の瞬間、カシュの動きが止まる。

「なんだと？」

「貴方は悪くなかったのにって、女の子から、貴方に伝えてって」

花弁が舞う。

私はカシュに向かって手を伸ばすと、光が溢れ、そしてカシュの周りをくるくるとその光は舞う。

エル様の力を借りて、私はずっと彷徨い続けていたカシュへの心の声を具現化した。

「この……匂いは」

『消えたはずなのに……この匂いは』

カシュの手が、光に触れた。

「ララ……お前なのか」

光がカシュの手に触れると、優しく淡い光をさらに放つ。まるで、謝るように。

次の瞬間、エル様の花弁が空へと舞い上がり、そしてたくさんの光がカシュの周りを飛ぶ。

『ごめんなさい』

『貴方のせいではないのに』

『貴方を化け物に変えてしまった』

『貴方は悪くなかったのに』

一つ一つが少女の言葉。届けられなかった心の声。

溢れるその光にカシュは目を見張り、そしてその瞳からはいつしか、涙が零れ落ちていた。

「会いたかった……そうだ、我は……我は、お前に会いたかったんだ」

『エレノアではない。我はララ、お前に会いたかったのだ。だから同じ優しい匂いのするエレノアが欲しかった。だが、我が求めていたのは……お前だった』

カシュが言っていた良い香りとは、彼女のことだったのだろう。私は、香りは記憶に残るのだろうなとふと思った。

私も、アシェル殿下からもらった柑橘系の香りを身に着けているとほっとするし、それを思い出せばアシェル殿下が傍にいるような気持ちがして不安なことがあっても和らいだ。

カシュにも、きっとそういう大切な人がいたのだろう。

そして、長い年月が過ぎて、香りだけが記憶に残っていたのかもしれない。

「エレノア。今だ！」

エル様にそう言われ、私はアシェル殿下の腕を掴むと、引っ張り、その体を抱きしめた。

アシェル殿下からカシュが抜けた瞬間に、アシェル殿下は大きく息を吐き、それから深呼吸を大きくすると私と視線が合った。

「エレノア、ありがとう」

私はアシェル殿下が戻ってきたことが嬉しくて、その体を抱きしめた。

「良かったです。アシェル殿下」

チェルシー様は私が引っ張る瞬間にカシュから手を放し、そして楽しそうにその光景を見守っている。

ララという少女の光に誘われ、カシュはアシェル殿下の体から飛び出ると、黒々とした体を引きずりながら、その光を追う。

「ララ……ララ」

カシュはそう呟きながら光にすり寄るが、体から溢れる黒々とした煙は消えず、それればかりかさらにずぷずぷと音を立てながら黒い液体を吐き続けている。

『ごめんね……カシュ……ごめんね』

そして、少女の心の声はカシュに届いたことで空気に溶けて消えてしまい、黒い液体を吐き続けているカシュは、呆然と光が消えていった先を見つめた。明るい光の先へ、行ってしまった少女の声。

けれどそこへカシュは自身がたどり着けないことを知っているのか、呻くような声を上げ続けた。

辺りは瘴気のようなもので黒い霧と、黒々とした液体が吹き出し、黒い蔓もカシュの意思とは関係なくのたうち回っている。

周囲はいつの間にか魔法陣で囲まれており、魔術師達は私達にカシュが気を取られている隙に周囲を封鎖することに成功している。

「……この世界には、もう、ララはいないんだな」

『結局、我が求めるあの香りは、匂いは、もうこの世界にはないのだ』

その言葉に、私はうなずいた。

「なら、もう我は眠る。封印したければすればいい……」

『元々闇として生まれいでたが、我は人間の呪う気持ちを媒体に膨れ上がっただけ……この世界を食らいつくすなどという野望もない……』

どんどんと広がっていく黒い液体は、地面を焼き尽くし始める。

アシェル殿下は、私に言った。

「封印をしよう」

「……ですが……っはい……」

私は一瞬アシェル殿下の言葉に戸惑ったけれど、すぐにうなずいた。

悲しい存在である。けれど、このままにしておけばどんな被害を出すかは分からない。

その時であった。

チェルシー様はカシュの元へと行くと、その体をもう一度抱きしめた。

それに、カシュがびくりと体を震わせる。

「なんだ……チェルシー。お前は早く逃げるがいい。この裏切り者め」

「カシュ様。言ったでしょう？　私はずっとお傍におりますわ」

『やっと、カシュ様の傍には私だけになったわね。はぁ～。エレノア様から匂いを奪って、カシュ様には私だけを愛してもらおうと思っていたのに、上手くいかないし、でも、まぁ、イベントも進んで結果オーライよねぇ～』

その言葉に私は驚くと、チェルシー様は私に向かって微笑みを浮かべて言った。

「エレノア様、前に私に聞いたでしょう？　幸せかって」

突然何のことかと思ったけれど、確かに以前、チェルシー様にそう問いかけたことがあった。

「え？　えぇ」

チェルシー様は幸福に包まれたように、にっこりと笑いながら言った。

「お父様は私に嘘ばかりついて、私を傷つけることで私を支配してきた。私自身もお父様を愛していたからそれに従った。けれど今ならわかるわ。あれは洗脳ね。でも、今は違うの」

『ふふふ。私って本当にばかよねぇ～。私はばかなのよ。だから、利用されるだけ利用された』

カシュをぎゅっと抱きしめたチェルシー様の手は、腐敗と再生を繰り返しながら、それでも離れることはない。

拷問が続くような時間だと言うのに、それでもチェルシーは離れなかった。

「カシュ様はね……とても優しいのよ。おかしいわよねぇ。闇とか悪魔とか呼ばれているのに。でもね、私が一緒にいるのを許してくれた。ふふふ。私今が一番幸せ。だから、カシュ様と一緒に封印して頂戴」

『それがいいわ。だってこの世界には私の居場所はないもの。私はカシュ様と一緒にいられればそれでいい。それが幸せ。たとえ暗闇の中であろうと、この体が腐敗を繰り返しても……だって私、人間のことなんてどうでもいいと、今でも思っているもの。それにたくさんの命を奪った罪人の私には、それが相応しいわ』

「チェルシー様……」

私はアシェル殿下の方へと視線を向けると、静かに頷くのを見た。

もしこの場に残っても、チェルシー様には処刑か幽閉の道しかないだろう。

「わかりました……」

私とアシェル殿下は封印の壺の栓に手をかける。

「エレノア様、さようなら」

『ふふふ。ありがとう……人間の中でエレノア様のことだけは、おかしいけれど本当に好きになったな。ゲームのストーリーの都合上、苦しめちゃったけどごめんね』

チェルシー様に対して、カシュが目をぎょろりと動かすと尋ねた。

「お前は自由に逃げられるだろう。本当にいいのか……？」

『暗闇の中に……何故？』

チェルシー様は愛おしそうにカシュを抱きしめてそしてその肌にキスを落とした。

「いいのです。私は貴方を愛しているから」

『たとえ地獄だろうと暗闇だろうと、貴方がいればいい。この世界は、私を受け入れてはくれないもの』

「……そうか」

二人は目を閉じた。

カシュは激高していたのが嘘かのように静かになり、チェルシー様はそれに寄り添っている。

蓋を開けた瞬間、轟音と共にチェルシー様とカシュは一瞬にしてその中へと飲みこまれ、地上にこびりついていた黒い液体や、人の形をかたどって暴れていた闇も全てが飲み込まれた。暴れまわっていた人形のような異教徒達は、その場にばたりと倒れてしまった。

私達が蓋を閉じると、そこには、焼かれた地面と倒れた異教徒達だけが残っていた。

あまりにも無残な状況であったけれど、先ほどまではカシュの闇によって見えなくなっていた太陽の光が見えたことにより、戦いに終わりが告げられたことが、その最前線で戦っていた者達には伝わった。

「うぉぉぉぉぉぉぉ！」

『良かった！　生きている！　生きているぞ！』

「わぁぁぁぁぁぁ！」

『おれ、もう、だめかと思った……生きてるよぉぉぉ』

「我々の勝利だぁぁぁぁ！」

『わぁぁぁあ。生きている！　生きているぞぉぉぉ！』

騎士達も魔術師達も手を取り合って喜び合い、そして歓喜に包まれていた。

晴れ渡った青い空を見上げ、私とアシェル殿下も手を取り合うと、お互いを抱きしめあった。

「アシェル殿下、ご無事でよかったです」

「エレノア。ありがとう」

『はぁぁぁ。良かったー！　もう、どうなるかと思ったけど、本当に良かった！』

『殿下！　ぼん、きゅ、ぼん！』

ハリー様がこちらに向かってかけてくるのが見えた。全身泥だらけであり、眼鏡にはひびが入っているけれど無事な様子である。

アシェル殿下はそんなハリー様の姿を見て私にこっそりと呟いた。

「ハリーの頭の中は、こんな時でも、あれなんだろう？」

『ぼん、きゅ、ぼん』

私はアシェル殿下が頭の中で呟いた言葉が面白くて、笑ってしまった。

「お二人共、本当に無事でよかったです！」

『殿下ぁぁあ！　ぼん、きゅ、ぼん！』

私はハリー様の声を聴いて、更に笑ってしまった。

救護班がこちらへと向かってくる姿が見え、その中に、ジークフリート様がいるのが見えた。

隣国の要人がこんなところに来るなんて危ないのではないかと考えていると、ジークフリート様と同じアゼビアの衣装を身にまとった騎士と数人の女性が一緒にこちらに向かってくるのが見えた。

「アシェル殿！　異教徒達の捕縛と、救護の手伝いだけでもさせていただけないだろうか」

『くそっ。隣国でこのような事件を起こすとは！　国際問題にもなりかねない』

その言葉に、アシェル殿下は頷くと、ハリーと視線を交わす。

「ジークフリート殿、今は協力をしていただけるのはありがたい」

『国同士の話し合いはまた後で。とにかく負傷者の手当てをしていかないとだな』

「感謝する」

ジークフリート様はそう言うと騎士に指示を出した。恐らく女性達は本来はジークフリート様の体調を管理する医療関係の従事者なのだろう。ジークフリート様が何かを伝えると、一礼してからけが人の手当てを始めた。

「ジークフリート様、少しよろしいですか？」

『初心(うぶ)ナルシスト』

ハリー様はジークフリート様に協力をしてほしい個所を伝え、それを他の騎士達にも指示をしていく。

一瞬、ジークフリート様と視線が合ったような気がした。

だがしかし、そんな私とジークフリート様との間にハリー様が割り込むと、アシェル殿下に視線を向けた。

『初恋初心ナルシストめ……ぼん、きゅ、ぼーん、罪作り』

まるで暗号のような心の声がハリー様から聞こえた。

そんなハリー様と視線でうなずきあったアシェル殿下は、私の方へと笑顔を向けた。

「ここはハリーとジークフリート殿にまかせましょう」

『他にも騎士団の者達もいるし、大丈夫だよ』

私はそれにうなずいた。

その時、かすかなうめき声が聞こえて、私は振り返ると声をあげた。

「ジークフリート様！　危ない！」

私の声に反応してジークフリート様は剣を引き抜くと、倒れていた異教徒の男からの攻撃を防ぎ、弾き返した。

弾かれた男は私の方へと血走った目を向けると、地面に一度着地した後にこちらに一気に走ってくる。

その走り方は獣のようであり、カシュの闇の力によって錯乱状態にあることが感じられた。

飛び上がり、そして私に向かって手につけている鋭利な武器を振りかぶった。

「エレノアに刃を向けるなんて、許さない」

アシェル殿下は私を背にかばうと、剣を引き抜き、その武器を受け止めると、足で男の腹部を蹴り飛ばした。

男は吹き飛ばされて地面に倒れ、それをジークフリート様が押さえつけ、他の者達も駆けつけると、男を縛り上げた。

「まさか……オレディン・ノーマン……国の宰相ともあろう男が、何をやっている！」

ジークフリート様は声を荒げ、ノーマンを殴りつけた。

その瞬間に、ノーマンが声をあげた。

「闇こそが正義！　闇こそが救い！　アゼビアなどサラン王国と争い亡びればいいのだ！　あはは

ははは」

その笑い声に、アシェル殿下が言った。

「残念だけれど、アゼビア王国とサラン王国は争うような愚かなことはしない。対話をし、解決の道を見つける」

『優秀な方だと聞いていたのに、彼に何があったんだ……はぁ、とにかく、ジークフリート殿にはこれから頑張ってもらわないとなー』

アシェル殿下がそう告げたのを見ていたジークフリート様は、背筋を伸ばすと頷いた。

「えぇ。もちろんです。アシェル殿下、感謝いたします。ノーマンを連行しろ！」

『……王の器か』

アゼビアの騎士とサラン王国の騎士に腕を掴まれ、ノーマンはそのまま連行されていった。

ジークフリート様はその後、事態の収拾へと向かった。


エル様は今は姿を消してしまっているけれど、私には傍にいるのが分かった。これが契約をしたという事なのだろう。

「エレノア、とりあえず、城の中に戻ろうか？」

『さぁ、行こう』

「はい」

アシェル殿下は私の事を抱き上げると、横抱きにして歩き始めた。

私は驚きながらも、ちょっとだけなら甘えてもいいだろうかと、アシェル殿下の胸に頭をもたれかけた。

『かーわーいーい！　あぁ！　本当に、無事でよかった！』

アシェル殿下の心の声に、私は心の中がほっこりしたのであった。こうやって二人とも無事でいられたこと、それはとても幸運なことであり、私はほっと胸をなでおろしたのであった。

今回被害は王城内の庭の一部と建物の一部くらいのものであり、被害は最小限に抑えられたという事で国王陛下からはお褒めの言葉を賜（たまわ）った。

チェルシー様とカシュが封印された壺は国王陛下とアシェル殿下のお二人だけが場所を把握することとなった。現在、異教徒については今回の一件で大々的に問題視されることとなった。ただ、サラン王国では異教徒が問題を起こしていることはなく、問題はアゼビア側にいる異教徒の方であった。

国際関係上、厳重注意事項と賠償責任などのことについて書面は送っているものの、宗教というものは中々に対処が難しく、アゼビア側でも現在もめているとのことであった。

アゼビア王国側へと宰相であるオレディン・ノーマンは護送され、問題をおこしたことで裁判にかけられるのだと聞いた。

ミシェリーナ夫人は関係はなかったものの、血縁関係のあるものが問題を起こしたことで、自宅で自粛しているとのことであった。

今回の一件でノア様は王城内にある別館で療養をしており、現在は回復に向かっている。ただし、カシュに乗っ取られた後遺症なのか、未だ体力が戻っていない。

私はアシェル殿下とそれに途中の廊下であったジークフリート様と一緒にお見舞いに訪ねると、笑顔で出迎えてくれた。ただ、ベッドの上に体を起き上がらせている状態であった。

私たちはベッドの横に用意された椅子に腰を下ろし、私はノア様に聞こえるように側へと膝をつくと声をかけた。

ノア様がこんな目にあってしまったのは自分の責任もあると、私は思っていた。だからこそノア様に申し訳なかった。

「大丈夫ですか？」

そう声を掛けると、ノア様は優し気に微笑んでうなずいた。

「大丈夫だ。後は、体力だけだ」

『こんなにけだるいのは初めてだ。記憶も、あの化け物とあの女に会った時以来途切れている。ざまはないな。なんて無様なことだ』

ノア様の心の声は沈んでおり、私は、そっとノア様の手を握ると言った。

「お医者様はよくなってきていると言っていました。元気を出してくださいませ」

私が落ち込んでいると思ったのか、ノア様は片腕を伸ばすと私の頭をぽんっと撫でた。

「大丈夫と言っている。心配するな」

『……俺は、エレノアを守る事さえできなかった。……情けない。何の役にも立たないとは、友人失格だな』

友人失格は私の方だ。

「……友人失格です。貴方を苦しめてばかりで……」

小さな声で思わず呟くと、ノア様は一瞬目を見張るが、すぐに微笑みに変わると、くすくすと笑い声を漏らした。

「なんだ。同じことを考えていた。ははは。友人失格同士か。ならば、また友人として、頑張らなければならないな」

『ははは。俺は落ち込んでいる場合ではないな。エレノア嬢の友人として、早く元気にならなければ』

その言葉に、私もつられて笑った。

「そう、ですね。ノア様の友人として、私、胸を張れるように頑張ります」

ノア様と私が笑い合った時、アシェル殿下はそんな私達のやり取りを見守った後に笑顔でノア様に言った。

「しばらく、ゆっくり休まれてください。ミシェリーナ夫人の元へはしばらくは戻れないでしょう。この別館に滞在していただくことになりますが、不便な点があればいつでも言ってください」

『本当に無事でよかった。後は体力の回復だな……むぅ。また医療班に声をかけてノア殿の体調がしっかりと良くなるように経過観察と報告をお願いしておこう。でも、すぐ撫でるの禁止！　可愛いのは分かるけれどね！』

「ありがとうございます」

『アシェル殿には本当に頭があがらないな。ありがたい限りだ』

ノア様は少し落ち込んではいたけれど、無事で本当によかったと私は思った。

「サラン王国には、本当にお世話になっています」

『本当に……俺はいつまでここにいるんだろうか。そろそろ次へ進まなければ』

その声を聴いて、私は静かに息を呑んだ。

私は心のどこかで、ノア様はこのままサラン王国に残るのではないかと思っていたけれど、そうではない未来もあるのだと気づいた。

その時、アシェル殿下が口を開いた。

「そのうち話をしようと思っていたのですが、体力が回復した後、よければサラン王国の王城で働いてみる気はありませんか？」

『今後のことをきっとノア殿も気になっているだろうし、話をさせてもらおう』

その言葉にノア様はアシェル殿下を見つめた。

「サラン王国の……王城で、ですか？」

『俺が？』

「えぇ。いずれ話をさせてもらおうと考えていて、所属はノア殿に聞いてからと考えていましたが、貴方の力を考えれば騎士団はどうかと思っています」

ノア様は息を呑み、それから、しばらく考えるように視線を伏せると、顔をあげた。

『俺の居場所を、作ってくれようと、考えているのだろうか』

居場所。

ノア様は、居場所がないと考えていたのだろうか。それが寂しくて、友達になったつもりだったのになと一人で落ち込んでしまう。

「ありがたい話です。ぜひ、お受けさせていただきたいです」

『新しい居場所を作っていこう。ここには、アシェル殿も、それにエレノア嬢もいる』

その言葉に、私はノア様を見つめると、ノア様は優し気な微笑みを浮かべていた。

アシェル殿下は頷くとほっとしたように言った。

「よかった。断られたらどうしようかと思いました」

『よかった。ノア殿には、サラン王国に所属してもらい、そして安心して暮らしていってもらいたい』

「よろしくお願いします」

『アシェル殿は、本当に善き方だな……ははっ。やはり敵わないか』

アシェル殿下とノア様は握手を交わした。

私はそれを見つめながら、ノア様がサラン王国にいてくれることを嬉しく思うのだった。

ジークフリート様は今回は事件のあった時間、他国の要人をケガさせてはいけないと緊急避難場へとすぐに案内されたらしく、闇を封印してからの合流になったようだ。そのため、居心地の悪そうな顔をしていた。

「ご無事で何よりでした」

『僕は……僕は、何もしていない。くそっ。あああぁぁぁ』

なんだかよく分からないけれど、心の中は荒れすさんでいるようであった。

アゼビアでは今回、異教徒による闇信仰が問題となっているため、ジークフリート様もこの後一度国に帰り、今回の一件について報告をするとのことであった。

かなり大きな問題ではあるが、解決に向けて動き出しているようだ。

ノア様のお見舞いが終わった後、渡り廊下でジークフリート様は足を止めると口を開いた。

「アシェル殿、エレノア嬢」

『はぁぁぁぁぁぁぁ』

どうしたのだろうかと私達も足を止めて向き直ると、ジークフリート様は頭を下げた。

「今回の一件、アゼビアの者が関与していたことは事実。現在アゼビアでも調査を進めていますが、二人には、本当に迷惑をかけました。申し訳ありませんでした」

『二人に直接謝れるのは、ここでしかないだろう。本当に、申し訳なかった』

国交関係上、書面上では友好関係が維持される形でまとめられており、一国の王子が単独で謝罪を正式に行うことは難しい。

だからこそ、ジークフリート様は今、この場で頭を下げたのだろう。

直接的に異教徒に対面し問題を解決した私達に。

アシェル殿下は、それが分かっているからこそ、笑顔で謝罪を受け入れた。

「謝罪を受け入れます。ジークフリート殿。わかっています。アゼビアは良い国だ。我が国と争いたいとは考え辛く、異教徒の独断であったことは証明されるでしょう」

『戦争は出来るだけ避けたい。僕は、エレノアと一緒に平和な国で暮らしたいんだ』

「私も、アゼビア王国すべてが悪いとは思っていませんわ」

そう告げると、ジークフリート様は顔をあげた。

それから視線を私ではなくアシェル殿下に向けたまま言った。

「ありがとうございます。これからも友好関係を築いていただけたらと思います」

『諦めろ僕。国同士対立しないことが最も重要だ』

一体何を諦めるんだろうか。そう思っていると、アシェル殿下は、ジークフリート殿下にうなずきをかえし、握手をした。

そして私の手を取り言った。

「では、ジークフリート殿、ここで失礼します。エレノア、行こうか」

「はい。ジークフリート様、失礼いたします」

アシェル殿下にエスコートされて、私はジークフリート様がどんな顔をされているのか見ないまま、歩き始めたのであった。

私とアシェル殿下は精霊のいなくなった中庭へとその後足を向けた。

精霊がいなくなっても美しい中庭ではある。

エル様は、私と一緒に行動が出来るようになったようだけれど、基本的に城の中にいる間は中庭でのんびりとしているとのことであった。

ただ今までとは違い、私が呼んだ場所には城の外であろうと来られるようになったとのことであった。

王城では、精霊と契約した私とアシェル殿下の結婚が望まれるようになり、国王陛下も最近では心の中で私の事を娘と呼ぶようになっている。最近ではいつパパと呼んでもらおうなんてことを画策している様子もあり、私はどうしたものかと考え中である。

私は実家とは疎遠になっているが、今回の私の活躍によりローンチェスト家も褒めていただき、両親はかなり喜んだという話を聞いた。

ただ、どんなにローンチェスト家から家に帰ってくるよう手紙が届いても、アシェル殿下がその度に理由をつけて、帰省はしなくてもよいと言われた。

私も、あの家にはもう帰りたくないと思っている。

これまで私は、自分の頑張りが足りないのだと思うことが多かった。両親に愛されていないことは分かっていたのに努力は続けてきたのは、それでも頑張ったら自分を見てもらえるのではないかと思い続けてきたから。

けれど、私はアシェル殿下に出会って知った。

私を大切にしてくれる人は、ここにいるのだと。そして、私を大切にしてくれない両親とは離れた方が自分の為だということを。

「エレノア」

『見て』

私はアシェル殿下と手をつないで庭を歩いていたのだけれど、アシェル殿下の声に視線をあげた。

「まぁ」

木々には可愛らしい花の蕾が付き始め、春を知らせる鳥が鳴いた。空は高くなり、雲が風に流れていくのが見えた。

温かくなり始めた風が私とアシェル殿下の元を通り過ぎていく。

「春がきますねぇ」

「うん。エレノアと婚約して、もうすぐ一年だね」

『はやく結婚したいなぁ～』

「ふふふ。一年、いろんなことがありましたね。私も早く結婚したいです」

「うん。僕もそう思っているよ」

『……一年たってさらにエレノアは可愛くなるし、僕大変だ』

私はアシェル殿下の方がやっぱり可愛いなと思ってしまう。

こうやって二人で並んで歩くことが出来る日々が、本当に幸福で、私は風に揺れる花の蕾を見つめながら思った。

「アシェル殿下」

私はエスコートしてくださるアシェル殿下の腕にぎゅっと引っ付くと言った。

「これからもよろしくお願いいたします」

言葉とは、ちゃんと伝えなければ、悔いが残る。

伝えられなかった言葉、伝えたかった言葉、言えなかった言葉。

人はたくさんのことを思い、考え、そして相手に伝えたくて言葉を使う。

心の声が聞こえるからこそ、私はちゃんと自分の思いは言葉にしていこうと改めて思った。

「大好きです。これからもよろしくお願いしますね」

アシェル殿下は私の顔を見て、嬉しそうに少し顔を赤らめてうなずくと、私の事を抱き上げた。

「きゃっ」

「エレノアは本当に可愛すぎる！」

『もうさ、本当に僕をどうしたいの⁉　かーわーいーいーいー！　大好き』

そう言って私の事をぎゅっと抱きしめてくれる。

私はこの瞬間が本当に幸せで、アシェル殿下に出会えたことを心から感謝した。

そしてそんな幸福な瞬間を春の風の香りが包んだように感じた。

書き下ろし番外編

乗馬と温泉珍事件

「きゃっ！　あ、アシェル殿下。だめです。あのっ！」

大きく揺れる感覚に私は戸惑いながら声をあげた。

「あ、あ、あの……ひゃっ！」

「エレノア。大丈夫だよ。僕に任せて。さぁ、顔をあげてごらん」

『ふふふ。可愛い～！』

いつもよりも高い視点に私は戸惑いながらも、顔をあげると、美しい光景が広がっていた。

青い空に緑の草原は美しく、春風が吹き抜けると、とても心地が良い。

「きれい」

「でしょう？　あと、エレノアこれ全然スピードだしていないのだけれど……もう少し速くしても大丈夫？」

『これだと……前とどんどん引き離されちゃう』

私は顔をあげて前へと視線を向けると、先ほどまで横を走っていたジークフリート様とノア様は遥か前を走っているのが見えた。

しかも何やら競っているようで、二人の心の声が聞こえてくる。

『これでも僕は乗馬ならばほとんど誰にも負けたことがないんだぞ！　エレノア嬢にかっこいいところを、って違う。うん。違うぞ』

『中々にいい腕前だな。競っていて楽しい。風が気持ちいいな』

私は楽しそうだなと思いながらアシェル殿下を見上げて尋ねた。

「あの……せっかくの乗馬なのに、私が本当にご一緒してもいいのですか？」

今日はノア様とジークフリート様と共に王城内にある乗馬場へと足を運んでいた。

アシェル殿下はノア様の体調もだいぶ回復してきたので気分転換にと声をかけ、そしてせっかくなのでアゼビアの王子であるジークフリート様も一緒にと声をかけた。

私も来てもいいのだろうかと思ったのだけれど、馬に乗ったことのなかった私はアシェル殿下に勧められて一緒に参加することとなった。

ただ思ったよりも馬は大きくて揺れて、私は声をあげてしまい、アシェル殿下はずっと笑っている。

「いいんだよ。皆一緒の方が楽しいでしょう？」

『天気もいいし、エレノアにも気分転換は必要だよ』

基本的に外出をあまりしない私にアシェル殿下は気晴らしの機会をくれたのだと思う。

「ありがとうございます」

私がそう伝えると、アシェル殿下は笑って言った。

「じゃあ、少し走らせるよ」

「は、はい！」

私は気合を入れ、アシェル殿下と共に草原を駆け抜けたのであった。

春の麗らかな日差しと、草花の香りは胸いっぱいに吸い込むと気持ちが晴れ渡るようだった。

土の匂いや若草の匂い、それらはどこか懐かしく、私は空を見上げるとその青さに魅了された。

気持ちがいい。

まるで羽が生えたようだと思っていると、更に馬はスピードを上げていく。

「僕がいるから大丈夫だからね」

アシェル殿下の言葉に私は頷く。

少し余裕が出てくると、背中にアシェル殿下の体温を感じて、なんだか少し恥ずかしくなってくる。

「アシェル殿！　エレノア嬢！　やっと追いついたのだな」

『ふっ。遅いな。それにしても……エレノア嬢と二人乗り……いいな……なんて思っていないぞ！』

ジークフリート様が私達の横を馬で走らせながらそう言い、反対側にノア様が移動すると言った。

「二人はゆっくりでいい。エレノア嬢が怖がるといけないからな」

『大丈夫か？　箱入りのお嬢様が、馬になんて乗って』

二人共、アシェル殿下とは私がいない場所でも会う機会が増えたようで打ち解け、口調も砕けたものとなっていた。

こうやって三人を見つめると、やはりゲームの攻略対象者だけあって見た目がいいなぁと思ってしまう。

特にアシェル殿下は素敵だななんて、惚れた欲目で思ってしまう。

「ふふ。二人共楽しそうに走っていたね」

『こうやって皆で出かけるのもいいよねぇ～。ノア殿もジークフリート殿もやっと表情が柔らかくなってきたな』

私達は終始和やかな雰囲気で馬を走らせ、そして草原を抜けると森の入口へとたどり着いた。ここからは道が少し細くなっている。

「どこへ向かうのですか？」

尋ねるとアシェル殿下は笑って言った。

「内緒」

『侍女からエレノアの好きな物を聞いたんだ。きっと気に入るよ』

なんだろうかと思いながら森を進んでいくと、私は香りが変わったことに気が付いた。

そしてそれを私はどこかで嗅いだことがあり、はっと思い出す。

硫黄の匂いである。つまり、温泉の匂いだ。

この世界に生まれ落ちてから初めて嗅ぐ匂いに私は驚いていると、アシェル殿下は楽しそうに笑みを深める。

「とっておきの秘密の場所さ」

『気持ちいいよ！　ふふっ。ずっと一緒に来てみたかったけれど、二人きりでとなるとなんか……うん、なんかね。うん。だから皆でって思ったんだ』

確かにアシェル殿下と二人きりで温泉となると、どこか緊張してしまう。だからと言ってジークフリート様やノア様と一緒というのもどうなのだろうか。

私は一体どんな場所なのだろうかと期待と不安を感じつつあった。

大丈夫だろうか。

けれどそんな私の不安は杞憂として終わる。

「ほら、ついたよ。エレノア。ここはね、森の中の温泉場。森にあるお風呂だよ」

私はハッとした。このシーンどこかで見たことがあると思っていたけれど、ここは乙女ゲーム内にてキャラクターのストレス値がマックスになってしまった場合にランダムで訪れる癒しスポットである。

ここに来て私は思い出し、まじまじとその温泉施設を見つめた。

そう、それはあけっぴろげに温泉があるわけではない。しっかりとした建物が建てられており、入り口には侍女が待機している。

「事前に伝えておいたから、侍女達はこっちに待機しているんだ。さぁ、エレノア行こうか」

『あぁ～。久しぶりに温泉だぁ～。楽しみ～』

アシェル殿下は先に馬から下りると、私に手を貸してくださり、ふわりと馬から降ろしてくれた。

馬は馬番が引き取ってくれて、ジークフリート様とノア様と共に建物の中に入ると、そこは広々とした空間であり、入り口が女性と男性とに分かれていた。

私は、温泉マークが描かれていることに驚いた。さすがは乙女ゲームである。

「ここからは別々だけれど、エレノア、ここの温泉本当に気持ちがいいからゆっくりしてね」

『ふふふ。エレノアお風呂好きだって前に聞いていたからさ、一回ここに連れてきたかったんだよねぇ～。ここは王城の管轄ではあるけれど女の子だけではこさせられないしね』

私は嬉しくて笑顔で言った。

「ありがとうございます。温泉楽しみです！　ふふふ。つやっつやになっちゃいますね」

温泉の後のあのお肌が幸せになる感覚をこの世界でも味わえるとは思わなかった。

「うん。つやっつやになろう」

『ふふふ。エレノアが喜んでる。可愛い。つやつやかぁ～。うん。僕もつやっつやになるよ？』

私達が笑い合っていると、後ろからジークフリート様が心の中で呟くのが聞こえた。

『つやっつや……っく……だめだ。妄想するな僕。だめだぁぁぁあ』

『ジークフリート殿……何を考えているんだ？　顔が……大丈夫か？』

ノア様が不審そうにジークフリート様を見つめているのも伝わってきて、私は笑いそうになるのを堪えた。

私達は入り口で分かれて、それぞれ温泉の入り口から中へと入った。

脱衣室はさすがに銭湯のような形ではなく、ベッドと籠、温泉上がりのスキンケアが行えるような施設となっていた。

素敵だなと思いながら侍女に洋服を脱ぐのを手伝ってもらい、私は温泉へと向かう扉を開けた。

青い空が見え、露天風呂なんて素敵だなと思っていると、温泉の反対側から声が聞こえた。

「気持ちいいですねぇ」

「あぁ。そうだなぁ。アシェル殿には今日連れてきてもらって感謝しかない」

「俺も同じことを考えていた。アシェル殿、感謝する」

男性陣はもう温泉につかっている様子で、私はなんだか急に恥ずかしくなってきた。

想像以上に隣の声が聞こえる。

私はさっと入ってさっと出ようと思い、出来るだけ静かに音を立てないように温泉へと足を入れようとした。

「ひゃっ。熱っ！」

「エレノア様。大丈夫でございますか？」

「え？　あ、えぇ。大丈夫。想像よりも熱かっただけよ」

侍女達は慌てて私の介助をするけれど、私は静かにしてほしいと声を落とした。

「あの……恥ずかしいから、声を立てないで」

私のその様子に侍女達は口を押さえてうなずいた。

『エレノア様ったら！　かーわーいーいー！』

『まぁそうですよね。殿方に声が聞こえるのは恥ずかしいですよね！』

『大丈夫ですよ！　誰にもエレノア様のそのお体は見えませんからね！』

侍女達の心の声にさらに恥ずかしく感じていると、隣から盛大に声が聞こえ始めた。

『ハリー！　隣の声とか聞こえないって言っていたよね！　ちょっと！　すごく聞こえるじゃないか！　わぁぁぁ！　エレノアの可愛い声が聞こえるとか、だめだよ！』

『あぁぁぁぁぁ。えええええエレノア嬢⁉　だ、だめだ。僕はぁぁぁ妄想してしまう！　はははははは裸の……えええええエレノア嬢が……』

『エレノア嬢？　あー。温泉だしな。ゆっくりできているといいが』

私はいたたまれなくなってタオルで体を隠しながら温泉へと入った。

急いで入って、出よう。

少し熱めの温度ではあるけれど、入って慣れれば心地よい。

そして聞こえるのは皆の心の声と、風と遠くから聞こえてくる鳥の鳴き声だけになった。

侍女達も下がり、多少は聞こえるものの、はるかにいつもよりは静かであった。

ただ、ジークフリート様の声はけっこう響いて聞こえてきていた。

『えええええエレノア嬢が壁の向こう側に。はぁはぁはぁ』

心の中でも呼吸が荒い。

アシェル殿下は心の中で数字を数え始め、私は空を見上げて息を吐いた。

気持ちがいい。すぐに出ようと思うのだけれど、気持ちが良すぎてもう少し、もう少しだけと思ってしまう。

ちゃぽんっと、水音がたつたびに、ジークフリート様の呼吸は荒くなり、アシェル殿下の心の声は大きな声で数字を数える。

その時、ノア様の心の声が聞こえた。

『真っ裸か』

やめて。

ノア様までそんなことを想像しないでと思っていた時であった。

いつもの声が聞こえた。

『ぽん、きゅ、ぽーんの真っ裸〜』

やめて。

私がそう思った時であった。アシェル殿下の声が聞こえた。

「さぁ！　汗は流れただろう？　さぁ外に出よう！」

「そうだな。良い考えだ！」

「あぁ。熱いしな」

三人が立ちあがる音が聞こえ、そして温泉から出ていくのが気配で分かった。

『だめだめだめ！　もう。ハリーめ！　エレノア！　ごめんね！　ゆっくり入っていいからね！』

『良かった。タオル巻いてきて』

『はぁぁぁ。あっついな』

私は声が遠ざかっていくのを感じながら、大きく息を吐き、それから顔をお湯で洗った。

恥ずかしかった。

ここへはもう来れそうもない。

その時であった。私は全身の疲れが取れていることに気が付きハッとした。

疲れが、取れているのである。

ざぱんと立ち上がり、私は自身の体を見つめた。

つやっつやである。

私は先ほどの考えを改めた。

「定期的に、来たいわ」

そう呟いてしまう。それほどまでに効能を感じたのだ。

全身の疲れという疲れが取れ、肌のつやが全く違う。

これはすごいと感嘆していた時、強い風が吹き、私は一瞬目をつむった。

次の瞬間、まぶしい光を感じて何だろうかと思っていると、声が聞こえた。

「まぁエレノア、お目が高いわね」

「え？」

私は声のした方へと視線を向けると、そこには温泉につかっているユグドラシル様の姿があった。

突然の登場に驚いていると、気が付けば妖精がたくさん温泉につかっており、妖精温泉のようになっている。

どういうことなのだろうかと思っていると、頭の上にタオルを乗せたユグドラシル様が口を開いた。

「ここ、妖精行きつけの温泉場なのよ～。エレノア達が来るって聞いて、一緒にお風呂入ろうと思ってきたの」

「そう、なのですか？」

「えぇ。だって王城だと許可が必要だなんだっていうから、ここなら別にいいでしょう？」

『温泉も入れるし一石二鳥！』

私はなるほどと思いながら、ふと、思い立ち侍女にお願いをして石鹸を持ってきてもらった。

「お背中お流ししましょうか？」

せっかくなのでと思い声を掛けると、妖精達がたくさん集まって来た。

「私の背中も流して～」

「私もー」

「人間の石鹸使ってみたい～」

「私も～」

「それにしてもエレノアは肌がつるっつるね！」

「本当だぁ～！　すっべすべぇ～」

「気持ちいいねぇ～」

私は妖精達に囲まれながらそんな言葉に話を返していると部屋の中に入ったはずの男性陣の声が聞こえてきた。

『あぁぁぁぁ。だめだ。数字を数えよう。ここまで聞こえてくる！　だめだぁ。ごめんエレノア。僕、僕～。一、二、三、四、五……わぁぁぁぁ煩悩がぁあぁぁ！』

『っく。っくぅぅぅぅぅぅぅ』

『まぁ、あれだけ肌が綺麗ならばすべすべだろうな』

私は恥ずかしくなって慌てて妖精達の背中を流していくと、温泉へともう一度浸かって、出来るだけ早く温泉を出ることにした。

ここの温泉は男性と来るべきではないけれど、男性と一緒でなければ来るのは危ないだろう。

どうにかして定期的に入りには来たいけれどと思いながら、私は急いで温泉を出たのであった。

それから身支度を整えて外へと出ると、男性陣は近くで馬を走らせているという事であった。

体を念入りにマッサージされ、そして水分をたっぷりと肌へと浸透させた私は、全身がつるっつるに仕上がっている。

お肌もっちもちである。

水分補給という事で侍女にはレモン水をもらい、それを飲みながら一息ついていると、温泉からあがったユグドラシル様も合流を果たした。

人間用の大きなコップのレモン水を、ユグドラシル様は一気に飲み干していった。

小さな体のどこにその水分が入ったのか、私としては疑問でしかない。

「っぷはぁぁ〜。生き返るわ。あ、エレノア。これをあげるわ！」

そう言ってユグドラシル様が差し出したのは、指輪であった。可愛らしいデザインであり、綺麗な宝石がはめ込まれている。

「これは？」

ユグドラシル様はちらちらと周りを見回したのちに、こっそりと言った。

「願えばいつでもこの温泉を行き来できるアイテムよ！　男の子がいたんじゃ、ゆっくり温泉に入れないでしょう？」

その言葉に私は驚きと共に、瞳を輝かせた。

つまり、この指輪があれば、温泉に好きな時に来放題ということである。

「いいのですか？」

そう尋ねると、ユグドラシル様はにっこりと笑って言った。

「もちろんよ。背中を流してくれたお礼。あ、あと人間の石鹸もらってもいい？」

「え？　えぇ。もちろんです。新しい物をプレゼントしますね」

するとユグドラシル様が今度は瞳を輝かせた。

『やった！　人間の石鹸とってもいい匂いがするのよねぇ～。うふふ。皆も喜ぶわぁ』

今度改めて石鹸やスキンケアグッズをプレゼントしようと私は考えたのであった。

ユグドラシル様達と別れて外へと出ると、丁度三人が馬と共にこちらへと帰ってくるのが見えた。

アシェル殿下はこちらに手を振っており、私も手を振り返した。

「ごめんね。少し走らせてきたよ」

『煩悩をね！　やっつけてきましたよ！』

私は笑ってしまった。

「ふふっ。おかえりなさい」

「ただいま。さぁ、もう少し案内したいところがあるんだ。行こう」

『さ、まだまだ馬を走らせるよぉ！』

私はまたアシェル殿下の馬にのせてもらうと、その後、ジークフリート様とノア様と一緒に森を駆け抜けた。

森の中には小さな美しい泉や、花畑などもあり、そんな中を馬で探索するのは気持ちの良いものであった。

ただ、春の日差しでもやはり馬に乗っていると少し汗はかいてしまう。

先ほど温泉に一度入ったこともあって、体がぽかぽかしていたのでさらに汗をかいているような気がする。

本来ならば散策の最後に温泉に入りたいところではあるのだけれど、森の中は暗くなりやすいことや、天気が崩れると温泉には入れないということもあって先に連れて行ってくれたのだと思う。

けれどやはり暑いものは暑い。

「あっついねぇ～。あーまた温泉に入りたいよ」

『水風呂でもいいなぁ～。むしろ水風呂の中に入ったら気持ちよさそう』

アシェル殿下の言葉に私はたしかに水風呂は気持ちよさそうだなと思いながら返事を返した。

「そうですねぇ。またゆっくり汗を流しに温泉に入りたいですね」

そう、思わず呟いてしまった。

次の瞬間、小指につけていた指輪が輝きだし、アシェル殿下と私は目を見張った。

「エレノア？　これは一体⁉」

『え？　何⁉』

私はしまったと思った。

温泉に入りたいと口に出して言ってしまった。

「あ、アシェル殿下！　も、申し訳ありません！」

「え⁉」

ドボッーーーーーーーンッ！！！！

私とアシェル殿下は瞬きをした次の瞬間には温泉の中へと落ちていた。

どうやら密着した人間は同時に移動できるのか、私と共にアシェル殿下も一緒に温泉へと落ちており、私達は洋服を着たまま温泉の中にいた。

「え⁉　へ⁉　ど、どういうこと⁉　エレノア⁉　大丈夫？」

『温泉⁉　温泉にいる。むわぁぁぁ？　どうして？　って、ちょっと待って！』

どうしたのだろうかと思い自分の姿へと視線を移すと、私は今日は動きやすいようにと白いシャツに乗馬用のズボンをはいていたので、白いシャツの部分から下着が透けてしまっているのだ。

「っきゃぁぁ！　す、すみません。お見苦しいものを！」

両手で胸元を隠すけれど、恥ずかしすぎて死にそうである。

「見苦しくないよ！　あぁぁあ違う！　ご、ごめん！」

『わぁぁぁあっ！　ごめんー！　ごごごごごごごめんーーーーー！！！』

アシェル殿下は顔を真っ赤にすると、私のことをすぐに抱き上げると温泉から出て建物の中にはいり、備え付けで置かれていたタオルで私のことをくるんだ。

そしてすぐに待機していた侍女を呼んでくれた。

その時、私の叫び声に驚いた様子でユグドラシル様達が飛んできた。

「エレノア？　どうしたの？　あら？　人間って洋服を着たまま温泉に入るの？　珍しいわねぇ～？」

きょとんとするユグドラシル様を私は内心で恨めしく思ってしまう。

ユグドラシル様のせいではない。自分の落ち度なのだけれど！　それは分かっているのに、アシエル殿下に恥ずかしい姿を見られてしまった恥ずかしさで、私はうなだれた。

「恥ずかしいです……こんな、こんな姿見せてしまって」

そう呟くと、ユグドラシル様はくるりと宙を飛んで回ってから言った。

「あら、どうせエレノアとアシェルは番なのだから、いいじゃない」

そういう問題ではないと、私はうなり声をあげた。

その後、アシェル殿下からは真っ赤な顔で謝られたけれど、むしろ私の方こそ見苦しい物を見せてしまい申し訳なかったと伝えた。

「いや、見苦しくなんかないよ！」

「ですが……見たくもない物を見せてしまい」

「見たいよ！　あ、ちがっ！　ごごごごごごごめん！」

『好きな女の子の姿ならどんな姿でも見たいよ！　あぁぁぁぁぁぁだめだ！　ごめん！　違う！いや違わない！　いや違う！　えれのあぁぁあっ。ごめんんんん！』

楽しいはずのお出かけだったのだけれど、私とアシェル殿下はその後しばらくの間ぎくしゃくとしてしまった。

私は、ユグドラシル様からもらった指輪はその後つけることなく、棚の中へとそっとしまったのであった。

書き下ろし番外編

二人の共同作業と美味しいごはん

少し季節は遡り、これは秋の舞踏会に向けての準備を進めるエレノアとアシェルの物語である。

秋の舞踏会は趣が重要視されるものであり、だからこそ私はアシェル殿下と一緒に衣装や装飾についても細かに打ち合わせていく必要があった。

舞踏会の社交の場は貴族同士の交流の場であると共に、自分の地位を確立させていく場でもある。

だからこそ、装飾一つにしても気が抜けないのだ。

そしてなにより、私自身アシェル殿下と婚約して初めての秋の舞踏会であるから気合を入れて参加したいという思いがあった。

今日は衣装の打ち合わせ日であり、王族の専属の仕立て屋が来る予定となっている。今回はデザインを検討する予定であり、装飾品などのこまごまとした案まで出す予定である。

私はアシェル殿下に絶対に似合う衣装を作り上げてみせるという気持ちで予定されている応接室へと移動した。

侍女に案内されて部屋へと入ると、そこにはすでにアシェル殿下が来ており、笑顔で出迎えてくれた。

「エレノア。おはようございます。今日は長丁場になるかもしれませんが、よろしくお願いしますね」

『ドレスは時間かかるぞぉ。でも絶対に可愛いのを考えてみせる！　エレノアに似合うドレス……今回のドレスも選ぶけど……エレノア全部似合いすぎる問題が生じそうだ。むぅ』

私はアシェル殿下はいつも通りだなと思いながら、一礼をした。

「おはようございます。アシェル殿下。今日はよろしくお願いいたします」

「えぇ。さぁこちらに」

『楽しみだなぁ。エレノアは本当に何でも似合うから……さぁて、何色がいいかな。そうだ。エレノアに見てもらおう』

なんだろうかと思っていると、アシェル殿下はハリー様に目配せをした。ハリー様は頷くとすっと持っていたカバンの中からどさりとノートを取り出し、アシェル殿下の前へと置いた。

一体何のノートだろうかと私が思っていると、アシェル殿下は瞳をキラキラと輝かせながらノートを開いた。

「エレノアは似合いすぎるので困ります。すごく考えました」

『可愛いのもあり、綺麗なのもあり、妖艶なのもあり、もうエレノアは完璧すぎる！　もう全部着てほしいけれど、一着に絞らないといけないんだよなぁ。むぅ』

開かれたノートには、様々な衣装の案が書かれており、私はノートを手に取るとぺらりぺらりとめくっては、事細かに装飾品のアイディアまで書かれているのを見ていった。

「これはアシェル殿下が描いたのですか？」

「えぇ」

『合間合間に考えていたんだよね。今期は流行が落ち着いた色合いになっているし、毛皮はまだ時期的に早いから、こっちのドレスがいいと思うんだよ』

アシェル殿下はおすすめの衣装のページを私に見せてくれた。それを見ながら、私は自分の好みのドレスすぎて、驚いた。

可愛らしい。

私は少し興奮しつつアシェル殿下におすすめの衣装を見せてもらいながら、本当に多才な人だなと思った。

「これも可愛いと思っています」

『一押しはこれかな？　うん。可愛い。僕は男だけどさ、可愛いものは可愛いよね！』

私はその言葉にこくこくと力強く頷いた。

可愛いは正義という言葉がどこかの国にあるそうだけれど、たしかにその通りである。

「アシェル殿下、こちらも素敵ですね。コスモスの刺繍が素敵です」

「さすがエレノア」

『ふふふ。それは僕も好き。可愛いよねー。これも自信作。ふふふ。僕自画自賛している』

私はアシェル殿下の心の声に笑ってしまった。その時、仕立て屋の準備が隣の部屋で整ったようで、声をかけられた。

私達がそろって隣の部屋へと移動すると、そこには大量の布と装飾品等々が並べられており、机の上にも資料がかなりの厚さで重なっている。

「おまたせいたしました。準備させていただきましたので、まずはドレスの形から話をさせていただこうと思います」

仕立て屋の男性は、私達が席に着くと、今年の流行とドレスの形の種類などを簡単に説明した後に、本日の流れについて話をしてくれた。

私とアシェル殿下は参考資料を見せていただきながら、良いと感じた物にしるしをつけまずはドレスの形から決めることとなった。

アシェル殿下は仕立て屋の男性と親し気に話を進めながら、これは違う、これはいいなどと資料を見つめながら話していく。

「エレノアはどうです?」

『気になるものがあったらすぐに言ってね!』

「はい。先ほどのアシェル殿下がしるしをつけられていた、これと、これは本当に素敵かと」

「そうですよね」

『さすがエレノア! これいいよねぇ。うん。とりあえずこの五点に絞ってみようか』

私が頷くと、アシェル殿下はそれを伝え、ドレスの形は決まった。ただ、ここからが難しくなっていく。

布によってドレスの印象ががらりと変わる。

私とアシェル殿下は一緒にこれはどうか、いやこちらの方が合うのではないかと話をしていくうちに、お互いにヒートアップしてきていた。

「アシェル殿下には絶対にこの柄の方が似合うかと思います!」

「エレノアは全部似合うけれど、私はこちらが良いと思います!」

『あー。いやこっちもありか!? ちょっと待って、エレノア。僕のことはいいから、エレノアに一番似合う物を選ぼうよ！』

「私はアシェル殿下に一番似合う物がいいです」

私達はお互いに薦め合いながら、その中で一番好みが一致する布で手を止めた。

「これなら、確かにエレノアにとてもよく似合いますね」

「アシェル殿下にも絶対にお似合いになると思います」

私達は視線を合わせると頷き合い、仕立て屋の方へと視線を移動させると、私達の迫力に負けないくらいの視線が帰ってきた。

「さすがです。私もこの布が一番良いのではないかと思っておりました。そうした場合、刺繍を中心にするか装飾、宝石をちりばめるかなどを今度は決めてまいりましょう」

私達はさらにそこから熱中し始めた。

アシェル殿下と一緒にこのように共同で作業をすることは初めてで、私はすごく楽しくなった。

それに思っていた以上にアシェル殿下の好みは可愛らしい物に寄っているのだなということにも気が付いた。

私よりも可愛らしい物に詳しいのではないかと思うほどに知識も豊富であった。

「あ、これ」

「え？」

不意にアシェル殿下は装飾用のリボンを手に取ると、私の髪に合わせてにっこりと微笑みを浮かべた。

「エレノアによく似合います。これはあとで頼みましょう」

『可愛い。むぅ。エレノアは可愛いからなんでも似合う。でもその中でもこれは本当によく似合うな。可愛い』

私は照れくさくなって視線を少し彷徨わせてしまう。

アシェル殿下は当たり前のように私に微笑みかけてくれていて、勝てないなぁなんてことを思ってしまう。

アシェル殿下が選んでくれたリボンは可愛らしくって、私の好みでもあった。

こうやって一緒にドレスを選んでみると、お互いの好みが本当に似通っているのだなということに気が付いた。

それがとても嬉しくて、私は心の中がほわほわとした優しい気持ちに包まれたのであった。

ドレスの形と布が決まり、装飾を選び始めていたのだが、そこで一度休憩を兼ねて昼食をとることとなった。

こうやって一日を通して一緒にいられることは久しぶりであった。

私は妃教育、アシェル殿下は国王陛下より任せられている仕事があるので時間を合わせて数時間顔を合わせることはあっても、長い時間一緒に共にすることは珍しい。

今回の昼食は簡単にすぐに食べられるようにとサンドイッチや果物が準備されており、温かな紅茶が準備されると私達は休憩として昼食を始めた。

「なんだか、こんな風に一緒にお昼をいただくのは、なかなかないですね」

『僕は結構お昼は簡単に済ませるから、サンドイッチとか多いんだけどさ』

アシェル殿下はお仕事が忙しいんだなぁと思っていると、サンドイッチを一口食べたその瞬間、アシェル殿下が一瞬止まった。

どうしたのだろう？　そう私は思っていると、後ろに控えていたハリー様がどこかにやけているように感じた。

なんだろうと思っていると、ハリー様が心の中で楽しそうに呟いた。

『ピーマンピーマン～！』

ピーマン？　一体なんだろうかと思っていると、アシェル殿下が恨めしそうにハリー様に視線を向けた。

『今日はピーマン入っている日かぁぁ。あー。うぅー。はぁ。いや、食べれるんだよ？　くぅ……ハリー分かっていて内緒にしていたなぁ』

私は首をかしげて思わず尋ねた。

「アシェル殿下、ピーマン、どうかされたのですか？」

するとハリー様がブッと噴き出すと口元を押さえ、それから無表情に戻った。

アシェル殿下はそんなハリー様に一瞬鋭い視線を向けると、ハリー様はさっと視線を逸らして書類を集中して読んでいるふりをしている。

『見栄っ張り殿下～』

初めて聞くワードに、私はハリー様もこうやって変化させることがあるのだなと驚いた。

それと共に、自分もいずれは変わる可能性があるのかとわずかな期待を抱く。

それにしても、どういう意味だろうかと思っているとアシェル殿下が恥ずかしそうに顔を伏せた。

『ちょっと待って、エレノア、いや……違う、いやその……』

心の中でしどろもどろになったアシェル殿下は、息を吐いてから私と視線を合わせると小さな声で言った。

「……実はピーマン……苦手なんです」

「え？」

「ピーマン……苦みが、苦手なんです……」

『お恥ずかしい限りー！　食べられないわけではないんだよ。決してね！　ただ、ただちょっと好んでは食べないだけで……』

恥ずかしそうにしているアシェル殿下に、私はくすっと笑ってしまった。

「ふふふ。アシェル殿下にも苦手な物あるんですね？」

「えっと……はい」

『恥ずかしい。わぁぁ。子どもじゃないのに、はぁぁぁ』

アシェル殿下はサンドイッチをいつものように丁寧にではなく、がぶりとかぶりつくと、そのままぱくぱくと食べていく。

一瞬でなくなっていくサンドイッチに、私が目を奪われていると、アシェル殿下はぺろりと少し行儀悪く指を舐めて、はっとした様子で顔をあげた。

『しまった。つい、いつも通りの仕事の合間に食べる時と同じように食べてしまった』

私は今日は色々な一面のアシェル殿下が見られるなと思いながら、先ほどの指先をぺろりとしたのがちょっと色っぽく感じて、すぐに視線を外した。

アシェル殿下もあんな風に食べることがあるのだなと思いつつ、一緒にサンドイッチを食べたのだけれど、私は二切れ食べたところで手を止めた。

口元をナプキンで拭いて、ハンカチで手を拭く。そしてお茶を一口飲んで息をついた。

「え？」

アシェル殿下が驚いたようにこちらを見つめており何だろうかと思って首を傾げた。

『え？　え？　もう、おしまい？　え？　嘘でしょう？』

どうしてそのように驚くのであろうか。

『エレノア……だって僕のサンドイッチよりもはるかに小さなサンドイッチだし……うん。分かった。エレノアが痩せているのは食べないからだ。えぇ。うーん。女の子ってそんなもの？　いや、うん。少ないと思う』

そうだろうかと思いつつも、昔からたくさん食べると太るからいけないと食事制限をされていたのが癖付いてしまいあまり食事も量を取ることは無くなった。

お腹も一杯というわけではない程度でやめてしまう。

そういえば小さな頃はすごくきつくて、お腹いっぱいに食べたいなとか、お菓子をたくさん食べ

てみたいなとかそうした夢があったなと思い出す。

私は自分のお腹に手を当ててみて、それからアシェル殿下に視線を向けた。

「あの……でも太ってしまったら、その……」

言い淀んでいると、アシェル殿下は首を横に振った。

「いや、太ってもエレノアは良いと思います」

『細いは正義ではないよ！　健康的な体が一番だよ！』

確かに健康が一番である。

私は視線をサンドイッチに移すと、もう一つならば食べても大丈夫かなと手に取った。

自然とこれまで制限を自分でしてしまい、お腹いっぱいまでは食べたことがほとんどない。おそらくこの一つを食べてもお腹いっぱいではない。だから、いいだろうかと口へと運んだ。

「あの……エレノアもしかして、食べる量とかも、気にされているのですか？」

『もしかして制限しているの？……無理にする必要はないと思うけれど……美しくあるための努力なのかもしれないけれど……無理はしてほしくない』

私はその言葉に、無理しているのだろうかと自分に問うてみる。

慣れてしまいすぎていて、自分は感覚がマヒしているのかもしれないなと私は思った。

「……小さな頃から、お腹いっぱいに食べると太るからと、両親から制限をされていて、なので、お腹いっぱいに食べるという事を……ほとんどしたことがないのです」

その言葉に、アシェル殿下の瞳が大きく見開かれた。

ハリー様にもどうやら聞こえたようで、眉間にしわが寄った。

『……毒親』

それは私の両親のことであろうか。

貴族の令嬢とはこのようなものだと思って生きてきたけれど、普通とは少し違うのだろうという感じがする。

普通とはいったいどの程度のものなのだろうかと、私はふと気になる。

「……エレノアは、お腹いっぱい食べたこと……ほとんどないのですか？　え？　ちょっと待ってください」

『ローンチェスト家は……そんな昔ながらのやり方を……ずっと続けているのか？　だめだ。ごめんエレノア。エレノアに怒っているんじゃないからね……く……あぁぁ！　だめだ』

アシェル殿下は立ち上がるとハリー様を呼んだ。

「ハリー！」

「はい」

「エレノアの好きな物、好むものを全て準備しておくように。ドレスが決まり次第晩餐は盛大に行うぞ」

「かしこまりました」

『ぼん、きゅ、ぼーーーん！』

私はどうしたのだろうかと驚いているとアシェル殿下は言った。

「エレノア。お腹いっぱい食べて。僕は……僕はエレノアに幸せでいてほしい。太ってもいい。お腹いっぱいに食べて、笑って、それで、幸せでいて」

『あぁぁぁ。本当にローンチェスト家に腹が立つ……ごめん。エレノアの両親なのに……』

　私は驚きつつも、首を横に振った。

　両親のことよりも、アシェル殿下が自分のことを思い怒ってくれたことが嬉しく思えるなんてと、私は笑ってしまう。

「晩餐、楽しみです。ふふふ。ありがとうございます」

「……うん。盛大にしよう！　お腹いっぱい食べていいから！」

「ふふふ。ありがとうございます。嬉しいです」

　私達はそんな会話をした後、昼食を食べ終えるとまた衣装についての話し合いに戻った。

　私とアシェル殿下はお互いに意見を出し合いながら装飾品を選び、そして最終的に出来上がった五つの案を見て満足してうなずいた。

「よかった」

「無事決まりましたね」

　仕立て屋は最後にしっかりとメモをまとめ、瞳を輝かせると立ち上がった。

「では、こちらの方で衣装を進めさせていただきます！　殿下とエレノア様のセンスには自分大変刺激を受け、創作意欲が今まさに湧き上がっております！」

「よろしくお願いしますね。エレノアが輝く衣装を楽しみにしています」

その言葉に私も続けて言った。

「アシェル殿下に似合う衣装を私も楽しみにしておりますわ」

仕立て屋は大きく頷いた。

「はい！　殿下とエレノア様に満足していただける衣装を仕上げてまいります。では、本日はありがとうございました」

仕立て屋はそういうと早々に荷物をまとめ上げて部屋から出て行ってしまった。

私達は窓の外を見てもう日が暮れてきているのを見て驚いた。

時間があっという間に経っており、これほどまでに時間が経ったという感覚がなかったのである。

「あ、エレノア。これを」

「え？」

アシェル殿下が私に差し出したのは、可愛らしい小箱であった。

「これは？」

「ふふ。さっき見ていて、似合いそうだったので、包んでもらったんです」

『エレノアにぴったりだよ』

小箱を開けてみると、そこには可愛らしい腕輪が入っていて、顔をあげるとアシェル殿下がうきうきとした様子でこちらを見つめていた。

可愛い。

いや、腕輪もとても可愛くて私の好みなのだけれど、それ以上にこちらを見つめて笑っているアシェル殿下が可愛らしい。

だめだ。私は最近恋愛脳すぎるとにやけそうになるのをぐっと堪えた。

「ありがとうございます。嬉しいです」

「うん。さぁ、じゃあ今日は晩餐盛大にいこう！　お腹が楽な服装にしよう！　コルセットなんて絶対につけちゃだめだよ！」

私はその言葉に思わず噴き出してしまった。

「ふふふっ！　では、今晩は侍女に頼んで楽なものにしてもらいます」

「えぇ。そうしてください」

『絶対にだよ！』

私はその後一度アシェル殿下と別れると着替えを済ませてから晩餐へと向かった。

今回のドレスはワンピース型のお腹を締め付けないタイプのものであり、私はアシェル殿下の声に背中を押されて、今までお腹いっぱいに食べるという事をしてこなかったけれど、食べてみようという気持ちになっていた。

晩餐の席へと向かうと、すでにアシェル殿下が待っており、エスコートしてくださった。

「エレノア。美味しく今日は食べようね。二人きりにしてもらったから、心行くまで食べてね」

『お腹いっぱい食べよう』

「はい！」

部屋には最低限の侍女が控える形となり、私は席に着いた。

机の上には次々と料理が運ばれてきたかと思うと、どれも私の好きな物ばかりで、私は料理長がこうも私の好みを把握していてくれたのだという事が嬉しかった。

後でお礼を伝えておこうと思っていると、アシェル殿下が口を開いた。

「さぁ、いただきましょう。今日は本当に遠慮することなく、お腹いっぱいに食べましょう」

『いただきます！』

私とアシェル殿下は乾杯をした後に食事を始めた。

どれも私の好きな物ばかりで、私は出来るだけ食べるぞと、料理を取ってもらいながら口に運んでいった。

「む、美味しいです！」

好みのものばかりだから、私は殆ど一口ずつくらいをよそってもらい、口に運んでいく。

出来るだけ多くの種類を食べようと思っているのだけれど運ばれてきた料理が多すぎて食べきれる気がしない。

今回はビュッフェ風になっている為、残った料理は後ほど使用人達の晩御飯へと変わると聞いて、ほっと安心した。

さすがに全部は食べきれない。

私は一口、また一口と食べていたのだけれど、途中で手を止めた。

少しずつ胃が満たされていくのを感じており、これ以上は中々に食べたことのない領域である。

幼い頃から言われてきた言葉が頭をよぎる。

『太った女に価値はない』

『令嬢たるもの食べるなど美しくないわ。小食が美学ですわ』

『デブの令嬢が結婚できるとでも？』

様々なことを言われてきた。私はお腹が満たされないことでイラついたこともあったなと思っているとアシェル殿下が私の方の席の横に移動すると、私に向かって言った。

「エレノア。これ好きでしょう？　あーん」

「え？」

「口開けて？」

『ふふふ。これ好きでしょう？』

笑顔で差し出され、私はゆっくりと口を開くとそこにアシェル殿下が入れてくれた。

咀嚼してみると、確かにそれは私が好きな物であったけれど、恥ずかしい。

「おいしい？」

『次はどれ食べるかな？』

心臓がバクバクと鳴って、私は自分の顔が赤くなっていくのを感じた。

「じ、自分で食べられます」

そう伝えると、アシェル殿下は私を見つめながら言った。

「うん。ふふ。ごめんごめん。だってこうやってのんびり食べるの久しぶりだからさ。ちょっといたずらしたくなっちゃった」

『ごめんね？』

上目遣いで見つめられ、私はうっと言葉を詰まらせた。

『たまには、いちゃいちゃしてみたかったんだー。だってエレノア可愛いんだもん』

私はぐっと奥歯を噛んだ。

恥ずかしい。

けれど、アシェル殿下の気持ちもわかる。

第一王子とその婚約者という立場上、私達には色々な制限がかかる。故に、なかなかこうやっていちゃいちゃするような機会は少ない。

私はぐっと覚悟を決めると、自分のフォークに目の前の皿に乗っていた料理を取ると、差し出した。

「あ、あーん……してください。お返しです」

アシェル殿下が驚いたように目を見開きそれから、あっと小さく口を開けたのちに、顔を赤らめて、視線を伏せた。

「ごめん……いや、その……は、恥ずかしくなった」

『これ、するのはいいけれど、されるのは……むぅ。恥ずかしい……』

それにつられて私も恥ずかしくなり手を引っ込めようとしたけれど、その手をアシェル殿下は慌てて止めると、ぱくりと食べた。

「ん、美味しい」

『恥ずかしいー！　けど……やばい、すごく、なんだろう……恥ずかしいけど嬉しい』

不意に声が聞こえた。

『あ、ピーマン……』

私はハッとして先ほど自分が差し出した料理を見た。

ピーマンが入っている。

私は苦い物も好んで食べるので、料理を用意してくれたのであろう。

私は慌てて言った。

「す、すみません。ピーマン」

するとアシェル殿下は自分でも驚いたようで、その後苦笑を浮かべた。

「はは。僕も気づいていなかった。でも、エレノアがくれたから美味しかったよ?」

『恥ずかしさのあまり気づいていなかったぁ～』

「まぁ……ふふふ」

「あはは」

私達は見つめ合ったのちに笑い合った。

お互いにやはり恥ずかしがって、こんなことで緊張していたのが分かった。

『バカップル』

視線を移すと、ハリー様が壁と同化したように気配を消して立っていた。

私は呟かれた一言に恥ずかしくなり、心の中で悲鳴を上げたのだけれど、アシェル殿下がそれからまたあーんしてと小首を傾げてくるから、どうしようもなかった。

その日、私はお腹いっぱいまで食べて、すごく幸せな晩餐を過ごした。ただ、やっぱりお腹いっぱいとはいえたくさんは食べられなかった。

アシェル殿下は、無理して食べる必要はないと言ってくれた。

けれどアシェル殿下が以前言っていたように健康的なことが一番いいことである。だからこそ、もう少し食べるように頑張ろうと、私は思ったのであった。

ただ、それからしばらくの間、食事の度にハリー様が『バカップル』と心の中で呟くようになったので、それを聞くたびに、恥ずかしくなった。

ちなみに、二人で準備した衣装は舞踏会では大絶賛され、私とアシェル殿下は内心ガッツポーズをしたのであった。

あとがき

皆様、お久しぶりでございます。

作者のかのんです。

最初に、この物語を第二巻まで出せたことに感謝申し上げます。

この物語の主人公のエレノアは、人の心の声が聞こえるという能力で、自分というものを出すことを苦手としている主人公でした。

ですが、婚約者であるアシェル殿下に出会ってから、彼女の世界は次第に広がりを見せます。

いつまでも泣いてばかりいる自分ではないと、少しずつ殻を破り成長していくエレノアの一面も、この第二巻では感じていただけたのではないでしょうか。

人の心の中は千差万別。見えている部分と見えていない部分が大きく違う人もいれば同じ人もいる。

そんな普通ならば目に見えない部分を小説を通してみていただき、楽しいな面白いなと思っていただけていたら幸いです。

ちなみにアシェル殿下は私が書いてきた男の子の中で最も可愛らしい男性です。世の中にはこんなに可愛らしい男性もいるのだと皆様も探してみたくなったのではないでしょうか。もしかしたらすぐそばにいるかもしれません。私達はエレノアのように心の声が聞こえませんから、それに気付けず残念ですね。

今回の第二巻でも、チェルシーはやはりエレノアの前へと立ちはだかります。彼女は個人的には好きなキャラクターで、自由で自分の心に素直な女性です。世間体なんて気にしませんし、横暴で乱暴で自分の欲に正直です。自分の周りにいたら厄介な相手には間違いないですね。

今回の第二巻でもイラストはShabon様に描いていただきました。美しすぎるそのイラストに、皆様も心を奪われたのではないでしょうか。私は素晴らしい方にイラストを担当していただけて、発売されるまでの間、何度もそのイラストを見ては、胸をときめかせました。本当にありがとうございました。

TOブックス様、編集を担当してくださったO様、その他、発売に携わっていただいた関係各所すべての皆様に感謝申し上げます。

一冊の小説を出すという事は、たくさんの方のお力添えがなければできないことです。そして今回は二巻まで出させていただけて、私は本当に嬉しかったです。

この小説はコミカライズもしていただいております！　よろしければそちらも手に取っていただけると嬉しいです。漫画家様によって小説とはまた違った楽しさがあるかと思います。ぜひともよろしくお願いいたします。

最後まで読んでくださりありがとうございました。
またどこかで皆様に会えることを楽しみに、小説を書いていこうと思います。
失礼いたします。

巻末おまけ
コミカライズ第一話
漫画
百畑うな
原作
かのん
キャラクター原案
Shabon

私はこの世界に
生まれて初めて
男性を心から
可愛いと思った

心の声が聞こえる悪役令嬢は今日も子犬殿下に翻弄される

@COMI

ザワッ
エレノア様だわ
いやだわ
あんな
いやらしい体

ぼんきゅ
ぼーん
エレノアに夜の相手をしてもらいたいなぁ
隣国の王子まで虜にしたとの噂よ
こっち見ないかなぁ
色っぽい目つきに体だ
「妖艶姫」と名が付くのもわかる
何を気取ってるのかしら気に食わないわ

エレノア・ローンチェストは
アプリの中の
悪役令嬢である
全部聞こえてるのよ
流し目で見つめれば
その心を射抜くと言われる
美貌の持ち主
イラストは
とても美しく
ヒロインよりも
目立っていた
ヒロインは
悪役令嬢に心を奪われた
ヒーローたちを攻略する
システムで
一部では
「略奪ゲーム」と言われる
異色のゲームだった

そんなエレノアに転生した一般ユーザーの私は心を病みそうになっている
いい体だな
おっこっち見たぞ
今日こそエレノアを口説くぞ
あの体で男性を誑かしているのね
エレノアには「人の心の声が聞こえる」という裏設定があった
たたっ
お母様ー！
ぎゅっ
まぁエレノアったら
初めて聞いたのはお母様の「声」だった
今日も可愛いらしいわぁ
くそくそくそ

女の子じゃ意味ないわ
母は心の中で
男児が産めなかった
ことへの罵詈雑言を
並べ立てていた
お母様…
どうしたの?
触らないで
私はこれまでの16年間で
人間とは内面と外面が違う
生き物だと学んだ

ああ
だからエレノアは
男性の心を奪って
遊んでいたんだな
エレノアはその美貌から
男性からむき出しの
好意を向けられる
ことが多い
家族から愛されず
エレノア自身を
見てくれる人なんて
いなかった

ある意味
エレノアの心は
壊れていたのかもしれない

今の私と同様に—
どうしてこの子は
こんな見た目
なのかしら

母親の私が恥ずかしいわ
この体と美貌で王子殿下を篭絡(ろうらく)してくれればいいのだが
…
本当に愛されていないな
毎日並べ立てられる言葉と
その裏で向けられる感情

ゲームのような
エレノアに
なるつもりはない
それを知って
静かに私の心は
冷めてしまった
でも私は
もう人を
愛せる気がしない
私はずっと
ひとりで生きていくしか
ないのかしら

ザワ
ザワ
ザワ
第一王子殿下の婚約者を選定する…か
ぎゅう
私はいったいどうなるのだろう

ゲームの途中で
転生した私は
このゲームの
結末を知らない
国王陛下よ！
！
皆よく集まってくれた
今宵は我が息子
アシェル・リフェルタ・
サランの婚約者を
美しい花たちの中から
考えていくつもりだ

この時間を楽しんでくれ
ワァ
ワッ
ふむ まあ第一候補はローンチェスト公爵家の妖艶姫か
あれだけの美貌の少女…アシェルが羨ましいな
じぃ…
余計なところまで聞こえてますよ
にっこり…
筆頭婚約者候補であることは父からも聞かされていた
第二王子殿下が私を気に入ればこの婚約が成立するだろうと

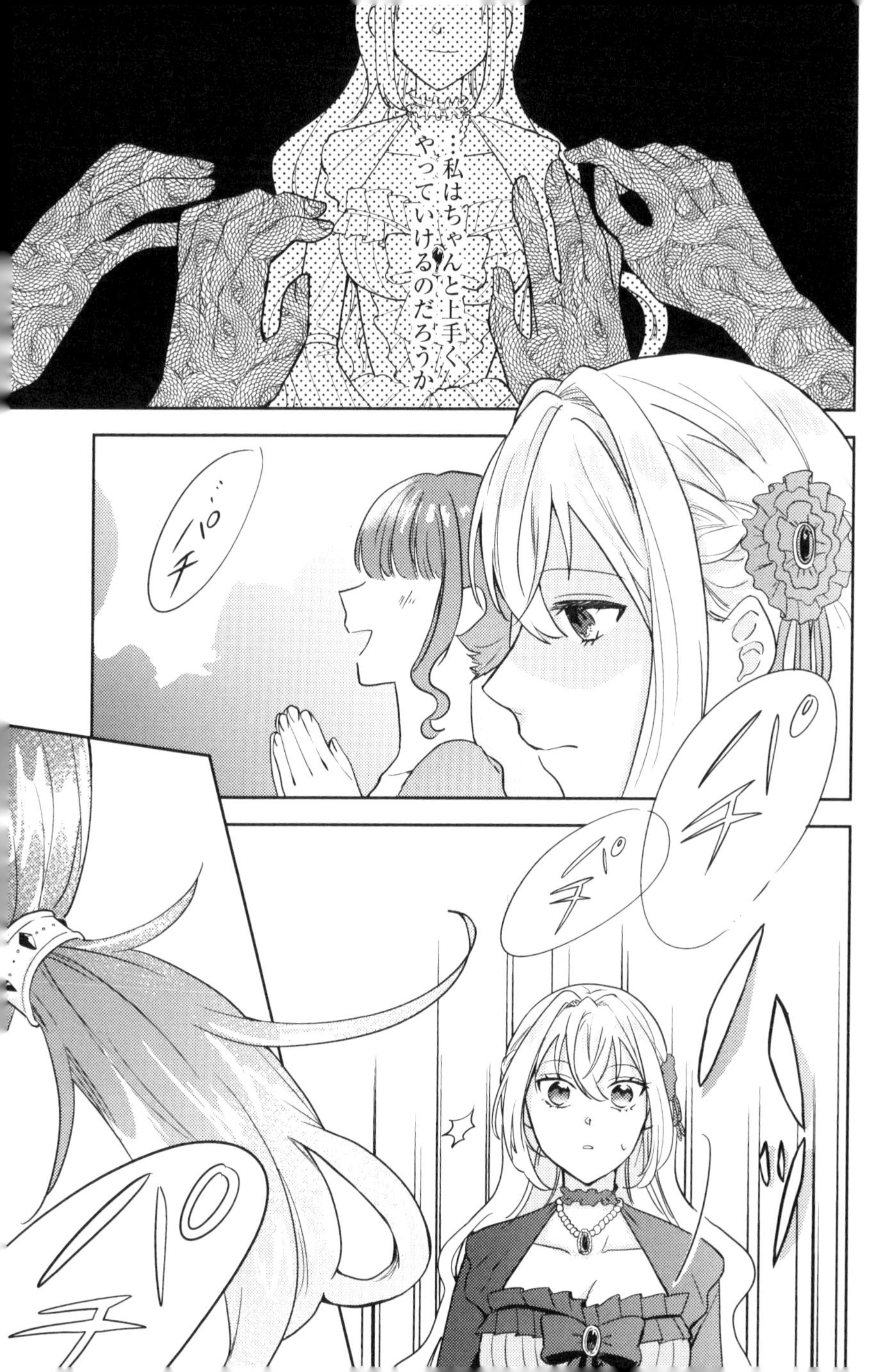
…私はちゃんと上手く
やっていけるのだろうか
パチ…
パチ
パチ
パチ

本日は
お集まりいただき
感謝いたします
ふうー
緊張するなぁ

どうか楽しいひと時を共に過ごしましょう
ピピン
よーしがんばるぞー
えいえいおー!!
キラキラの王子様から今
少年らしい声が聞こえた気が…
気のせい…?
クスッ
素敵な方ね
…お母様

きっとファーストダンス
誘われるでしょうから
しっかりね
エレノア
しっかりな
まぁ素敵な殿下
私が若かったら
虜にしてみせたのに
まあ殿下も年頃だから
お前の体は大層
気に入るだろうなぁ
…はい
…しっかりしないと
エレノア・
ローンチェスト嬢
きた…！

よろしければ あなたと
最初のダンスを踊る
栄誉をいただけませんか？
わああ
噛まずに言えたぁ
ドキドキしたぁ
ぐっ
…っ
はい…っ
喜んで
ぷる
ぷる
しっかり私！
では
行きましょうか

わあぁ
緊張するなぁ
それにしても
エレノア嬢可愛いな
手 ほっそ
これは折れちゃうよ
女の子ってもうちょっと
太ったほうが
いいと思う
笑うな…！
よろしく
お願い
しますね
はい
腰ほそぉぉぉ
…っ
ぎゅっ
～♪
ダンスは完璧
見た目にも微笑みを携え
完全無欠な王子様
♫

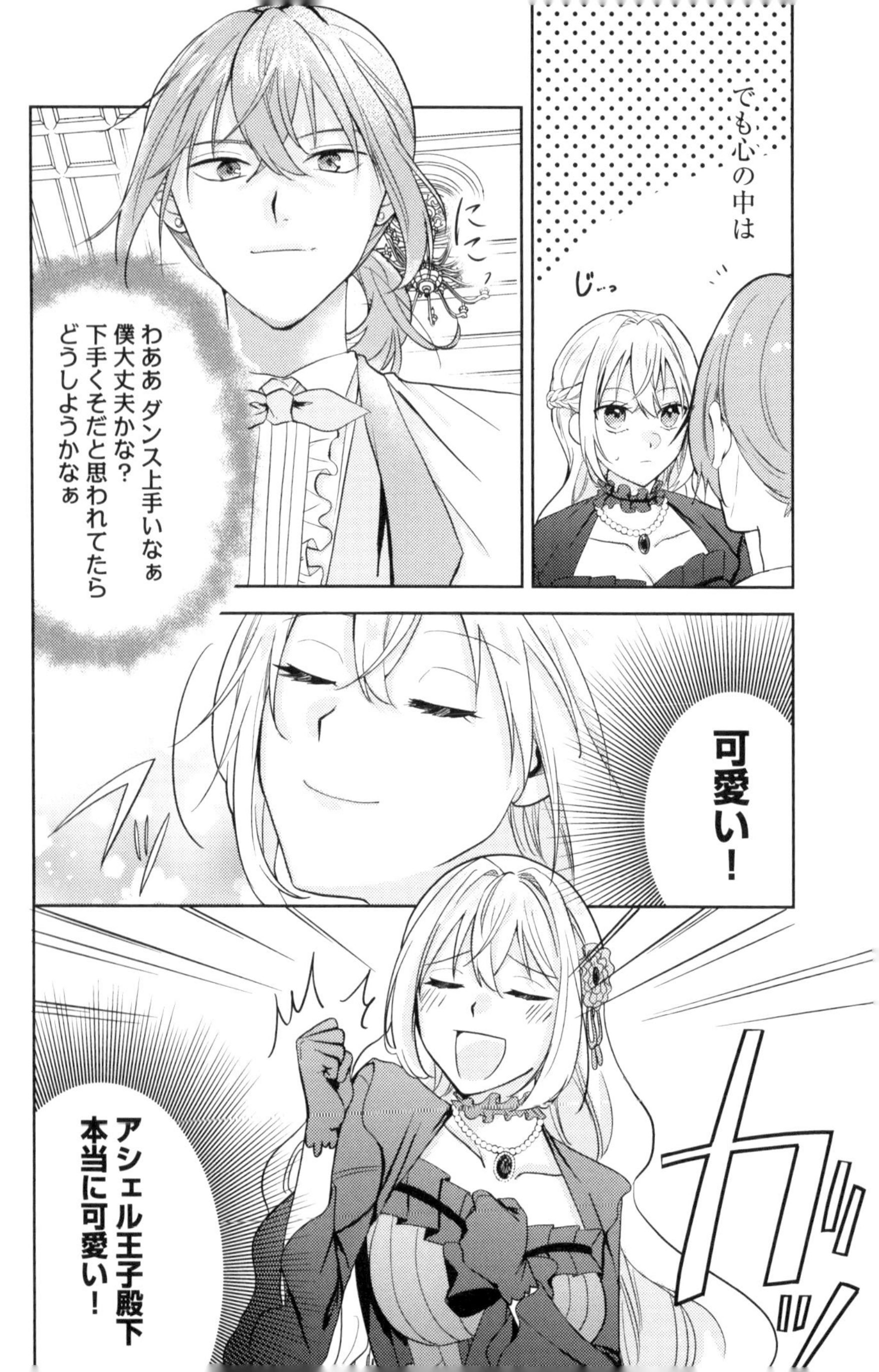
でも心の中は
じーっ
にこっ
わあああ ダンス上手いなぁ
僕大丈夫かな？
下手くそだと思われてたら
どうしようかなぁ
可愛い！
アシェル王子殿下
本当に可愛い！
カッ

男性を可愛いと思える瞬間が私に訪れるなんて
力加減が難しい…
どうやって仲よくなっていこうかなぁ
それにしても緊張するなぁ王子も楽じゃないよねー
王子(おうじ)
スマイル
ちらっ
ダンス中なのにこんなこと考えているなんて…

ぎゅっ
…でも心地がいい
こんな感情になれる相手に出会えたのは初めてだ

パチ
パチ

やっぱりあの子いい体してんな〜
パチ
やはり殿下の婚約者はエレノア嬢で決まりか
パチ
パチ
エレノア嬢が羨ましいわ
でも私だって負けないわ！
それでは失礼いたします
はい
アシェル殿下
お相手お願いできますか
よろこんで
…

アシェル殿下
どの令嬢と踊る時も色んなこと考えていておもしろい人だったたな
エレノア嬢
ドキッ
よろしければ私と中庭へ散策に出かけませんか？
にこーっ
コツ
コツ

静かですね…
本当に物語の王子様みたい
そうですね
月が綺麗だなぁ
本当に少年みたいな人だわ

こんな夜はさ
鼻歌でも歌いたくなるよね
ふふんふーんふふふ
ふーんふふん
可愛らしい鼻歌
王子様がこんなこと
考えているだなんて
誰が思うだろう
仕事ができる人だと
聞いていたから
驚きだ
当初のイメージ
鉄人
あ

いい曲思いついた
これは名曲では!?
くすっ
エレノア嬢と
一緒だからかなぁ
今日は楽しい
!?
?
かぁぁあ
エレノア嬢
寒くはありませんか？

大丈夫かな
ガゼボまで行けば
肩掛けも用意して
あるんだけれど

いいぇ
大丈夫です
ほっ
そうですか

よかった
頬が赤いけど
風邪じゃないよね?
ビクッ
少し緊張している
だけなので
ご心配なさらず
にこっ
心の声に
照れました
なんて言えない…

パァッ
!
私も少し緊張しています
僕と一緒なの？可愛いーー！
ぷるぷる
…エレノア嬢？
可愛いのは殿下のほうです！
どうかされましたか？
平常心…
いいえなんでもありませんわ

ザァッ
今日は素敵な夜ですね
はい とても

ああ 緊張してきた
何話せばよかったかな
黙…
すごい考えてる…
エレノア嬢が楽しめるように
がんばらなきゃなー

カチャンッ
…
月が綺麗ですね

こうして一緒に散歩
できるなんて
光栄なことです
そう言ってもらえて
嬉しいですよ
こちらこそ
光栄なことですしね
ふっ
優しいなぁ
エレノア嬢は
噂と違って
結構笑う人なんだな

散歩している間も
微笑んでいたし
噂では全然笑わない
って聞いていたのに
よかったぁ
笑ってくれて
ザ
ザ

気が緩んでいるのかしら
気を付けよう
むに
むに
エレノアの笑顔は素敵ね
この笑顔が憎いわ
気を付けないと
くすっ

今日こうやって
エレノア嬢と
過ごせてよかった

…え
心の声が
聞こえなかった
その代わりに
ドクン

自分の心臓の
トクン
跳ねる音が
聞こえた
トクン

心の声が聞こえる悪役令嬢は、今日も子犬殿下に翻弄される2

2023年4月1日　第1刷発行

著　者　かのん

発行者　本田武市

発行所　TOブックス
〒150-0002
東京都渋谷区渋谷三丁目1番1号　PMO渋谷Ⅱ　11階
TEL 0120-933-772（営業フリーダイヤル）
FAX 050-3156-0508

印刷・製本　中央精版印刷株式会社

ISBN978-4-86699-798-8